Ansgar Kraiker

Hilfe, ich bin ein Baby!

Roman

BASTEI-LÜBBE-TASCHENBUCH
Allgemeine Reihe
Band 13317

Erste Auflage: Mai 1991
Zweite Auflage: Juli 1991
Dritte Auflage: September 1991
Vierte Auflage: November 1991
Fünfte Auflage: Februar 1992
Sechste Auflage: Juli 1992
Siebente Auflage: Oktober 1992

© Copyright 1991 by Autor und
Bastei-Verlag Gustav H. Lübbe GmbH & Co.,
Bergisch Gladbach
All rights reserved
Lektorat: Reinhard Rohn
Titelfoto: The Image Bank Bildagentur
Umschlaggestaltung: Dieter Zembsch München
Satz: KCS GmbH, 2110 Buchholz/Hamburg
Druck und Verarbeitung: Brodard & Taupin,
La Flèche, Frankreich
Printed in France
ISBN 3-404-13317-X

Der Preis dieses Bandes versteht sich
einschließlich der gesetzlichen Mehrwertsteuer.

Für Marlene

1

Mein Kopf dröhnte vor Schmerz. Gleißendes Licht fiel in meine Augen und brannte wie Stacheln auf der Netzhaut. Hatte ich letzte Nacht zuviel getrunken? Doch keinerlei Kneipen wollten in meiner Erinnerung auftauchen. Ich hörte Stimmen, Männerstimmen. Eine Frau war auch dabei. Weiße Schemen und Schatten huschten um mich herum. War ich in einem Krankenhaus? Weshalb? Hatte ich einen Unfall? Ich wollte etwas sagen, aber ich konnte nicht. Luft, ich brauchte Luft! Meine Lungen füllten sich mit eisigen Splittern, und ein klagender Schrei rang sich aus meiner rauhen Kehle. Wieder hörte ich die Stimmen.

»...nichts abgekriegt... der Alte tot... war abzusehen... schwachsinniges Experiment... vielleicht, wenn er nicht so krank gewesen wäre...«

Meine Erinnerung kehrte zurück. Langsam und vorsichtig kroch sie aus der schwarzen Höhle in meinem Kopf. Das Experiment! Natürlich, es war gelungen! Die Begeisterung umschlang mich wie eine Woge des Glücks. Der letzte Wunschtraum eines kranken und verschrobenen Professors für Psychoanalyse war in Erfüllung gegangen. Vergessen waren die Schmähungen der Kollegen und die mitleidigen Blicke, mit denen sie sein Festhalten an der Theorie ›Der Ur-Schrei als gestaltender Faktor der Psyche‹ kommentierten. Sicher, der Versuch, die Geburtserlebnisse eines zur Welt kommenden Babys über an das Gehirn angeschlossene Elektroden mitzuerleben, war riskant, aber was hatte ich in meinem Stadium schon zu verlieren? Nichts! Chemotherapie und Bestrahlungen hatte ich abgelehnt. Was nützten mir ein paar qualvolle Monate mehr? Ich wollte verewigt sein in den Annalen der Wissenschaft. Für den Beweis meiner Theorie würde mir bestimmt der Nobelpreis verliehen werden. Mir, Professor Thomas Elbe! Daß dies vermutlich ›postum‹ geschehen würde, störte mich nur wenig.

Aber warum holten sie mich nicht zurück und beendeten das Experiment? Je länger die neuroelektronische Verbindung bestand, desto gefährlicher wurde es für das Kind. Und auch für mich! Nicht von ungefähr kamen diese Kopfschmerzen und der Erinnerungsverlust. Die enormen Gefühlswellen, die über die am Kopf befestigten Kabel in mein Kleinhirn fluteten, waren für meinen geschwächten Körper fast zuviel. Und ich wollte nicht sterben. Jetzt noch nicht! Erst mußte ich der Welt meine Erkenntnisse mitteilen und den verehrten Kollegen den gebührenden Respekt abverlangen. Die Stimmen und das diffuse Licht waren noch immer da. Warum holten sie mich nicht zurück, verdammt noch mal? Oder war ich schon wieder in meinem eigenen Bewußtsein und hatte den Übergang nicht mitbekommen?

».. . besser nichts an die Öffentlichkeit dringen lassen...« sagte die männliche Stimme. ».. . dem Kind ist ja zum Glück nichts passiert, und die Mutter war ja narkotisiert.«

»Und was sagen wir wegen des alten Spinners?« fragte die Frau.

»Daß er überraschend an Krebs gestorben ist, und zwar bevor er seinen Unsinn beginnen konnte! Verstehen Sie?! Der Versuch hat nie stattgefunden! Das erspart uns eine Menge Fragen und unangenehme Nachforschungen. Von einer Blamage mal ganz abgesehen. Daher müssen wir...«

Ich wollte schreien: »Hilfe, ich lebe noch, ich bin noch da«, aber meine Zunge gehorchte mir nicht. Statt dessen drang nur ein klägliches Gegurgel aus meiner Kehle, die sofort zu schmerzen begann. Ich konnte immer noch nicht richtig sehen und versuchte, mich mit den Händen bemerkbar zu machen. Doch meine Arme und Beine machten ganz andere Bewegungen als beabsichtigt. Plötzlich erklang die Frauenstimme ganz dicht über mir.

»Ist ja gut, mein Kleines, ist ja gut!« sagte sie sanft. »Du bist ein süßes Dickerchen, und so rote Bäckchen hast du. War der böse Onkel grob zu dir? Aber jetzt ist alles, alles gut!«

Was war denn jetzt los? War die Alte übergeschnappt, mich süßes Dickerchen zu nennen? O mein Gott! Bei dem Experiment mußte etwas gründlich schiefgelaufen sein, und ich war in einer psychiatrischen Klinik gelandet, ohne es bemerkt zu haben. Vermutlich hatte ich eine Totalamnesie erlitten. Trotzdem fand ich es unverschämt, wie mich das Pflegepersonal behandelte. Aber wer wußte, wie ich mich hier verhalten hatte? Vielleicht war ich eine Zeitlang völlig regrediert gewesen? Hoffentlich blieb mir noch genug Zeit zum Leben, um alles genau zu analysieren. Wenn ich doch nur hätte sehen können! Wer war der alte Spinner, der gestorben war? Und was war das für ein Kind, von dem dauernd geredet wurde? Hatten die etwas mit meinem Experiment zu tun, oder waren es andere Patienten?

Plötzlich flog ich wie von einer Riesenfaust gepackt durch die Luft und landete sanft auf einem ›ich weiß nicht was‹. Mir wurde schlecht. Ich hatte Hunger, entsetzlichen Hunger. Wieder schüttelte die Faust mich hin und her, ohne daß ich mich irgendwo festhalten konnte. Man steckte mir einen Gummischlauch in den Mund. Eine Magensonde? Mußte ich künstlich ernährt werden? Ich schmeckte eine süßliche Flüssigkeit, die aus der Sonde floß. Aber eine Magensonde wurde durch den Hals bis in den Magen geschoben. Das Ding fühlte sich eher wie ein... ja wie ein Schnuller an. Schnuller?? Schnuller!! Ein böser Verdacht befiel mich. Das Experiment! Die parallel geschalteten Hirnströme! Ich war im Kind geblieben! Die Verbindung war längst gekappt. Und das Kind? War es in mir? Lag ich als brabbelnder Greis im Nebenzimmer und pinkelte mir den Arztkittel voll? Der alte Spinner war gestorben, hatte der Mann gesagt. Die Stimme hatte Doktor Tabi gehört, dem ach so famosen Neurochirurgen, der als mein Versuchsleiter fungierte. O Gott, das bedeutete, daß das Kind in mir gestorben war! In meinem geschwächten Körper, der die Anstrengung nicht verkraftet hatte!

Ich war schuldig, schuldig am Tod eines Kindes und an der Wissenschaft! Ich mußte zu meiner Untat stehen, mußte die unwissenden, armen Eltern und die Welt aufklären. Aber wie? Meine Organe und meine Zunge gehorchten mir nicht. Wie sollten sie auch, eine Stunde nach der Geburt. Wahrscheinlich würde es Monate dauern, bis ich sie gebrauchen und mich verständlich machen konnte. Ich sah mich schon im Büro des Dekans der Universität im Tragekörbchen auf seinem Schreibtisch liegen. Ich versuchte mir das ungläubig entsetzte Gesicht von Professor Hilmer vorzustellen. Keine sehr erheiternde Vorstellung!

»Ein Unglücksfall«, würde ich sagen, »offenbar haben sich meine Gehirnströme unbeabsichtigt wie eine Matrize auf die Gehirnwindungen des Kindes gelegt!«

Und Prof. Hilmer würde sich mit einem hämischen Grinsen über mein Körbchen beugen: »Ein Unglücksfall, Prof. Elbe? Das war gemeine Absicht! Sie suchten aus Ihrem siechen Körper zu entfliehen und mißbrauchten ein unschuldiges Kind unter dem Deckmantel der Wissenschaft für Ihr obskures Experiment! Sie wollten Gott spielen wie Dr. Frankenstein. Sie sind sogar noch schlimmer! Frankenstein benutzte wenigstens tote Körper und versuchte nicht, sich selbst zu retten. Sie aber sind des hinterhältigen Mordes an wehrlosem Leben schuldig...!«

Man würde mir nicht glauben, das stand

fest. Ja, wenn ich ein gutaussehender, kerngesunder, dreißigjähriger Assistenzarzt gewesen wäre. Dann hätte man vielleicht an einen Unfall geglaubt. Aber einem sechzigjährigen, krebsverseuchten Wrack würde man immer Absicht unterstellen. Man würde einen elektrischen Babysitz konstruieren, mich in gestreifter Strampelhose hineinstecken und... Nein, das würde die Weltöffentlichkeit nicht zulassen! Eine Protestbewegung würde sich bilden, Petitionen würden eingereicht werden. Und außerdem ist ein Baby nicht schuldfähig, auch wenn es schon sechzig Jahre alt ist. Oder würde man mich als kleines Monstrum sehen, mit dessen Kulleraugen man kein Mitleid haben durfte? Und hatte ich es nicht verdient? Schließlich hatte ich ja wirklich den Tod eines Kindes auf dem Gewissen. Zumindest den Geist des Kindes oder besser gesagt die potentielle Möglichkeit des Geistes des Kindes oder... Mir dröhnte der Kopf. War ich nun ein unfreiwilliger Mörder oder nicht? Falls ich mich zu erkennen gab, brachte man vermutlich den Körper des Kindes um. Oder doch nicht? Auf alle Fälle würde es eine Menge rechtlicher Verwicklungen geben.

Und wenn ich nun den Mund hielt? Mein Partner hielt das Experiment für gescheitert und würde alle Spuren beseitigen, um keine

Probleme zu bekommen. Der Mutter hatten wir gesagt, es würde sich um eine harmlose Versuchsreihe zur Erkundung der Geburtsvorgänge handeln. Daß ein zweites Gehirn parallel geschaltet worden war, konnte sie nicht ahnen. Kein Mensch wußte, daß ich in dem Kind steckte! Sollte ich Hemmungen haben? Was geschehen war, war geschehen und nicht mehr rückgängig zu machen. Vielleicht hatte ja das Schicksal Großes mit mir vor, wenn es mich dem Tod entriß und meine Erfahrung mit den Möglichkeiten eines unverbrauchten Körpers ausstattete? Ich könnte neu beginnen, von vorne anfangen! Oder etwas völlig anderes machen! Ich müßte nur den Mund halten, geduldig warten, bis ich groß genug war, und aufpassen, daß niemandem meine geistige Kapazität auffiel.

Ich fühlte mich wie neugeboren. Das war ich ja schließlich auch. In der Tat. Ich würde...

Rumms. Ein derber Schlag riß mich jäh aus meinen Gedanken. Rumms. Mir blieb die Luft weg.

»Nein, nein«, hörte ich die Hebamme sagen. »Sie brauchen Ihrem Kind nur sanft auf den Rücken zu klopfen, damit es sein Bäuerchen macht. Sehen Sie mal...«

Eine sanfte Hand tätschelte mir den Rücken.

»Aber so habe ich es doch gemacht«, sagte mir eine schrille Stimme über das Trommelfell. Rumms. Mir wurde schlecht.

»Ach du mein süßes Butzilein.« Mir wurde noch schlechter. Rumms. Mir wurde speiübel. Aber anstatt zu kotzen, röhrte ein gewaltiger Rülpser aus meinem zarten Hals.

»Das war aber mal ein feines Bäuerchen, du süßer, süßer Butz«, kreischte die Sirene mir entzückt ins Ohr.

Eines war klar, wenn dieser Trampel meine Mutter war, dann erwartete mich das Fegefeuer für meine Sünden! Zum Glück wurde ich wieder in mein Bettchen gelegt und in einen anderen Raum geschoben. Bevor mich die moralischen Konflikte einholen konnten, wurde ich von einer bleiernen Müdigkeit befallen, und dankbar stürzte ich ab in die tiefsten Tiefen des Tiefschlafs, wo selbst das Geplärre aus dem Nachbarbett wie ein vom Wind gesäuseltes Wiegenlied klang.

2

Ich träumte: Der Knochenmann schritt mit seiner Sense über eine Wiese, auf der meine Gedärme wuchsen, und holte zum Schlag aus. Schmerz durchzuckte meinen Körper und breitete sich orkanartig in meiner Bauchhöhle aus.

Ich erwachte. Der Knochenmann war weg, der Schmerz blieb und wurde heftiger. Es war ein vertrauter Schmerz, dies Stechen im Darm, das in den letzten Monaten immer schlimmer geworden war und das nur noch mit stärksten Mitteln ertragen werden konnte. Da war es wieder. — Aber Moment mal, ich war doch im Kind! War das auch ein Traum, oder war ich verrückt geworden? Die Opiate! Sicher lag ich im Delirium. Ich schlug die Augen auf und konnte immer noch nicht klar sehen. Meine Arme und Beine ließen sich nur völlig unkoordiniert bewegen. Ich hörte plötzlich wieder das Geplärre von nebenan. Das war kein Traum, das war die Realität! Der Schmerz bohrte sich in mein Nervenzentrum. Ich schrie. Wie war das möglich? Gehirnströme ließen sich transmittieren, weil sie entschlüsselbare Felder bildeten, aber kranke Zellen!?

Unbetäubt tobte der Schmerz. Der Krebs

war mir erhalten geblieben! Er steckte mit mir in dem Kind, er war ...

»Raddeldibraddeldibrumm.«

Stille. — Der Krebs war weg, und die Windel war voll. Wohlbehagen überall. Ich erinnerte mich: Ein Kleinkind besaß noch keine trainierten Bauchmuskeln und konnte den Magen-Darm-Trakt nicht unterstützen. Daher entwich die geschluckte Luft nur mühsam und verursachte kolikartige Blähungen, die das zarte Gewebe arg mitnahmen. Beruhigt spürte ich, wie der Schlaf zurückkehrte und alles auslöschte, was mich bedrücken konnte.

Eines war mir durch den Traum klar geworden: Ich wollte leben! Die Resignation und Müdigkeit der letzten Monate, in denen ich ängstlich auf mein Ende gewartet hatte, waren verschwunden. Mein Geist und mein Bewußtsein saßen in frischen, unverbrauchten Gehirnwindungen. Unvorstellbare Möglichkeiten taten sich auf. Ich durfte mich nur nicht verraten, mußte mich in Geduld üben und meine neuen Eltern ertragen. Zuerst aber hatte ich das Vergnügen, die Verwandten und Bekannten kennenzulernen. Ich hätte nie geglaubt, was einem gerade auf die Welt gekommenen Erdenbürger schon alles zugemutet wird. Kaum in die Wohnung meiner Eltern umgezogen, hingen dauernd irgendwelche Dummköpfe über meinem Bettchen und weckten mich mit ihrem Gequake.

»Nein, was für ein liebes Kind! Und noch so winzig. Sieh mal, wie es sein Fäustchen macht«, begeisterte sich eine aufgedrehte Gans.

Ich ballte tatsächlich meine Hand, und wenn es mir möglich gewesen wäre, dann hätte ich gerne der alten Schnepfe mein Fäustchen auf ihr Glupschauge gedrückt, damit sie endlich Ruhe gäbe. Denn ich war müde wie noch nie in meinem langen, kurzen Leben und sehnte mich nach Schlaf.

Gerda kam zu Besuch. Gerda war eine gute Freundin meiner Mutter.

»Hach, bist du ein süßer Knuffel! Und rote Bäckchen hat es wie mein Verflossener, wenn er vom Saufen heimkam.« So wie Gerda roch, war offensichtlich, daß ihr Verflossener beim Saufen nicht oft alleine gewesen war, sondern daß sie ihm kräftig beigestanden hatte. Da sie zudem dunklen Tabak qualmte, klang ihr Lachen wie eine leere Gießkanne, die man ruckweise über Sand zerrt. Unverschämterweise steckte sie sich eine Zigarette an, ohne daß meine hilflose Mutter einschritt. Anscheinend war sie in dieser Freundschaft die Unterlegene. Gerda strahlte mich an und lachte mir ihren Qualm ins Gesicht. Meine Augen brannten. Da half nur eins: Schreien! Ich heulte so zum Steinerweichen, daß eigentlich auch der letzte Tölpel hätte merken müssen, was mich störte. Nicht so Gerda!

»Ach Gott, das Kleine, gib's mir doch mal her. Soo, jetzt wird Tante Gerda dich ein bißchen schunkeln, dann mußt du gleich gar nicht mehr weinen.«

Sie drückte mich an ihre überquellende Leibesfülle und schüttelte mich so hektisch hin und her, daß mir fast der Kopf vom Rumpf flog. Wußte diese blöde Kuh nicht, daß Babys ihren Kopf noch nicht selber halten konnten? Sie preßte mich noch fester an sich, und mir blieb die Luft weg.

»Siehst du, schon hört es auf zu weinen, das liebe Kind.« Die Zigarette drohte ihr die Lippen zu verbrennen, deshalb übergab sie mich wieder meiner Mutter. Ich war froh, keine Glut abbekommen zu haben, und kam langsam wieder zu Atem. Der Rauch kratzte zwar weiterhin in meinen Lungen, aber ich hütete mich davor zu schreien. Gerda blickte mich nämlich voller Entzückung an, bereit, mich beim kleinsten Heuler an sich zu reißen und mir ihre Schüttelkur zu verpassen. Was auch passieren sollte, ich durfte nicht schreien!

»Wie heißt euer Kind eigentlich?« fragte Gerda meine Mutter.

»Ramona!«

Ich schrie, so laut ich konnte.

Daran hatte ich überhaupt noch nicht gedacht. Für unser Experiment war das Geschlecht des Versuchsobjekts als nebensächlich erachtet worden. Es war schon schwierig genug gewesen, das Experiment überhaupt auf die Beine zu stellen. Und jetzt war ich plötzlich eine Frau, besser gesagt, ein kleines Mädchen. Ich war am Boden zerstört! Ein junger, dekadenter Spinner hätte das vielleicht höchst interessant und witzig gefunden, aber ich war schließlich 63 Jahre lang auf ein bestimmtes Rollenbild fixiert gewesen, und in meinem Alter war man auch nicht mehr so flexibel! Das konnte doch niemals gutgehen. Außerdem hatte ich überhaupt keine Lust, eine Frau zu sein. Und auch noch eine, die ›Ramona‹ hieß! Ich war todunglücklich! Mit Grauen stellte ich mir die Zeit vor, in der die Hormonproduktion einsetzen würde.

3

Im Grunde war meine Mutter zu bedauern, hätte ich nicht unter ihr leiden müssen. Jegliches Einfühlungsvermögen, falls sie je so etwas gehabt haben sollte, war ihr abhanden gekommen. Vielleicht fehlte ihr auch einfach das Selbstbewußtsein, um ihren ureigenen Instinkten zu vertrauen. So stand sie mir, ihrem neugeborenen Kind, recht hilflos gegenüber. Sie versuchte daher, ihr Defizit durch eifriges Lesen von Erziehungsliteratur und diverser Elternratgeber auszugleichen. Da stand dann zum Beispiel, ab der sechsten Woche würde ich lächeln, ab der achten Woche den Kopf heben und ab der neunten mit den Augen einem Gegenstand folgen, die Beine nicht mehr anziehen und den Finger in die Nase stecken. Ich hatte mich vor meinem Experiment zwar auch mit der Entwicklung von Säuglingen beschäftigt, allerdings mehr mit psychischen und weniger mit physischen Fragen. Von den körperlichen Bedürfnissen eines Kleinkindes hatte ich das meiste längst vergessen. In früheren Zeiten wäre das vermutlich keiner Mutter aufgefallen, aber speziell in meinem Fall wurde jedes ›Bäuerchen‹ genauestens registriert und kontrolliert. Oft war es einfach, den Anforderungen der

Fachliteratur zu entsprechen. Wenn zum Beispiel meine Mutter mit gerunzelter Stirn in einem Heft las, mich kritisch anschaute und sagte: »Lach doch mal, Butzilein, lach doch mal«, dann war klar, daß ich die ›Lach- und Lächelphase‹ um mindestens zweieinhalb Tage überzogen hatte. In diesem Fall genügte es, meine Mundwinkel sechs Sekunden lang nach oben zu ziehen, um meine Mutter wieder zufrieden in ihren Sessel sinken zu lassen. Schön wäre natürlich gewesen, wenn ich selbst hätte nachlesen können, was demnächst ›Sache‹ war, aber dazu war mein ›Bewegungsapparat‹ noch längst nicht in der Lage, selbst wenn ich in die Reichweite der Hefte gekommen wäre. Aber da meine Mutter zumeist mitteilen mußte, was sie dachte, war es weiter kein Problem, wenn ich in meiner Entwicklung etwas nachhinkte. Gefährlicher wurde es, wenn ich meiner Zeit voraus war. So hatte ich wohl ein paar Wochen zu früh die ›Froschhaltung‹ aufgegeben, woraufhin meine Mutter die gestreckten Beine als Schwächeanfall oder Hüftschaden deutete. Sofort wurde ich eingepackt und zum Kinderarzt geschleppt. Eine brisante Angelegenheit, denn einem Fachmann, der genau untersuchte, würden die vielen Unstimmigkeiten viel eher auffallen. Um ein Haar wäre die Sache auch schiefgegangen. Schon nach dem dritten Test starrte mich der Doktor irritiert an; es konnte nicht mehr lange dauern, bis er mißtrauisch werden würde und mich zur Beobachtung in die Klinik steckte. Ich wußte nicht, wie ich mir helfen sollte, denn im Gegensatz zu meiner Mutter war er zu gewissen Gedanken fähig, ohne sich dabei seiner Umgebung mitteilen zu müssen. Vor lauter Panik pinkelte ich dem Arzt auf den Kittel, woraufhin er mich säuerlich lächelnd meiner Mutter übergab, damit sie mich wieder säubern konnte. Um keine Zeit zu verlieren, denn auch ein Kinderarzt arbeitet heutzutage wie am Fließband, wandte er sich inzwischen dem nächsten Säugling zu, der auf dem benachbarten Wickeltisch zappelte. Bei dem Gespräch, das der Doktor mit dessen Mutter führte, kam heraus, daß das Baby genauso alt war wie ich. Glück muß man haben! Bei der folgenden Routineuntersuchung konnte ich beobachten, wie das Baby auf die Tests reagierte. Ich versuchte mir alles einzuprägen. Dabei wurde mir auch klar, warum der Arzt so verwirrt geguckt hatte. Beim ›Paniktest‹ (man läßt das Kind schnell nach hinten fallen, so daß es vor Schreck die Arme ausbreitet) hatte ich mich nach vorne gekrümmt. Beim ›Fluchtreflex‹ hatte ich mit den Armen gerudert, anstatt Laufbewegungen zu machen. Und als er mich an der Hüfte drückte, hatte ich zwar den Rücken gewölbt, mußte aber schrecklich lachen, da es so kitzelte. Kein Wunder, daß die Augen des Kinderheilers immer größer geworden waren. Für die ›zweite Runde‹ war ich besser gerüstet. Wie erwartet wiederholte der Arzt die ganze Prozedur bei mir, und diesmal reagierte ich zu seiner Zufriedenheit.

»War wohl die volle Blase«, erklärte er sich murmelnd die vorherigen Fehlversuche. Zum Schluß kam noch mal der ›Paniktest‹ (Arme ausbreiten und sich fallen lassen) — dachte ich. Dummerweise wollte er diesen Reflex gar nicht testen, sondern mir nur noch mal genau in die Augen schauen. So ließ er mich nicht fallen, sondern zog mich zu sich heran. Das konnte ich schließlich nicht wissen. Beim ersten Zucken seiner Hände flogen meine Arme auseinander und seine Brille von der Nase. Sie landete auf den Fliesen, wo die Gläser klirrend zersprangen. Das Lächeln, mit dem er mich danach meiner Mutter übergab, ließ ihre Knie schwanken. Sie versuchte, mich so schnell wie möglich anzuziehen, verhedderte sich aber dauernd vor lauter Nervosität und brachte nur mit Mühe meine Hände durch die Ärmel. Sie wurde erst ruhiger, als der Arzt den Raum verlassen hatte und die Sprechstundenhilfe mit Schaufel und Besen erschien. Mein Auftritt in der Praxis hatte immerhin zur Folge, daß meiner Erzieherin der Besuch beim Kinderarzt genauso unangenehm war wie mir — zumindest eine Zeitlang.

4

Am schlimmsten war die Langeweile, obwohl ich die meiste Zeit schlief. Mein Gehirn war es nun mal gewohnt, ständig in Aktion zu sein, sich mit Problemen auseinanderzusetzen, sich mit Grafiken zu beschäftigen, Bilder zu verarbeiten etc. Jetzt wurde mein geistiger Horizont begrenzt von einem roten Affen, der zusammen mit einem braunen Nilpferd, einem gelben Kamel und einem blauen Elefanten als Mobile über mir seine Kreise zog. Meine Mutter stieß es hin und wieder an, so daß es wild schlackerte und ich jedesmal einen ängstlichen Blick auf den winzigen Nagel warf, mit dem dieser Holzzirkus dilettantisch befestigt war.

»O meine Süße, hast du dich erschreckt«, interpretierte Mutter meinen Gesichtsausdruck, »das mußt du aber nicht! Mama ist doch bei dir! Lach doch mal, ja, lach doch mal!«

Immer diese blöde Lach- und Kichernummer, ich fand's zum Kotzen! Aber da ich keine Lust hatte, schon wieder im Wartezimmer des Kinderarztes zu braten und mir das Geplärre der anderen Babys anzuhören, mußte ich wohl oder übel den Anforderungen der normalen Kindesentwicklung ab und zu Genüge tun. Und es hieß nun mal in den schlauen Ratgebern: Nie wird ihr Kind so oft und so viel lachen wie in seinem ersten Lebensjahr. Nun gut, als Kompromiß hatte ich mir ein bestimmtes Schema ausgedacht: Drehte sich das bunte Mobile zu schnell, lachte ich überhaupt nicht, sondern heulte los. Damit sank die Gefahr erheblich, daß mir das Ding auf die Fontanelle krachte. Vielleicht schaffte ich es ja sogar, den unausweichlichen Absturz so weit hinauszuzögern, bis ich mich besser bewegen konnte und der Katastrophe durch Wegrollen entkommen konnte. Wurde das Mobile langsam gedreht, ließ ich mich dazu herab, jedesmal, wenn der Affe an meiner Stirn vorüberzog, zu grunzen. Bei dem gelben Kamel wurde gegackert. So tief war ich gesunken! Diese Methode befriedigte zwar das kontrollierende Auge meiner Mutter, hatte aber auch diverse Nachteile. Immer wenn ich heulte, fuchtelte sie mit dem gelben Kamel vor meiner Nase herum und versuchte mich mit ihrem schwachsinnigen Geschwätz von Bauch- oder sonstigen Schmerzen abzulenken.

»Ei dada, was haben wir denn hier? Das große, gelbe Kamel aus Afrika. Das gefällt dir doch so! Ei dada.«

Hätte die einfältige Gans mir den Bauch

massiert oder einen Fencheltee gekocht, wäre mir mehr geholfen gewesen. Außerdem handelte es sich bei dem Kamel der Form nach um ein Trampeltier, das eindeutig aus Asien stammte. Ansonsten umgab mich geistige Ödnis. Wenn wenigstens das Radio ab und zu gelaufen wäre, ich hätte mit Wonne den dümmlichsten Werbesendungen gelauscht und mit etwas Glück sogar mal die Nachrichten hören können. Aber nein, Ramona mußte es ruhig haben und durfte nicht gestört werden.

Seitdem ich besser sehen konnte, nahm ich öfter einen Mann wahr, der mein Vater zu sein schien. Anfangs nur für kurze Momente, aber nachdem sich mein Magen-Darm-System langsam normalisierte und ich weniger schrie, sah ich ihn auch für längere Zeit. Dann betrachtete er mich ausgiebig und schien irgendwann zu dem Schluß zu kommen, daß so ein Baby wohl doch nicht nur der blanke Horror sei. Sein Interesse ging sogar so weit, daß er seine Frau anblaffte, sie solle mich doch in Ruhe lassen, nachdem sie mich wieder einmal endlos mit dem gelben Kamel traktiert hatte, um mich zum Lachen zu bringen.

»Bitte«, meckerte sie zurück, »wenn du

dich so gut auskennst und alles besser weißt, dann kümmere du dich doch um das Kind.«
»Du hast mich ja bis jetzt nicht gelassen.«
»Du bist ja nicht mal fähig, das Kind aus dem Bett zu heben, ohne daß es schreit.«
Statt zu antworten, stand mein Vater auf und kam zu mir. Er sah mich hilflos flehend an. Na gut, was soll's, dachte ich mir und schenkte ihm mein schönstes Lächeln. Und weil er sich bemühte, mich ganz sanft hochzuheben, machte ich noch einen ›Gluckser‹ als Zugabe und strampelte mit den Beinen.
Strahlend, die Augen voll des Triumphs, trug er mich einmal ums Bett und legte mich wieder hinein. Mutter erstarrte vor Neid.
Die Episode hatte Folgen. Vom Erfolg getragen mischte sich mein Vater jetzt immer öfter in die ›Erziehung‹ ein, und das ohnehin nicht sehr warme Verhältnis meiner Eltern kühlte noch mehr ab. Das hatte mir zu meinem Unglück gerade noch gefehlt. Zu dem Generve kam jetzt noch das gegenseitige Angiften meiner Ernährer. Da mein Lächeln über die Richtigkeit der einen oder anderen Methode entschied, also über Triumph oder Niederlage, drohte meine Erziehung zur Arena des internen Machtkampfes zu werden. Das mußte natürlich verhindert werden, und so bemühte ich mich, mein Lächeln und Heulen gleichmäßig zu verteilen, auch

wenn gewisse Behandlungen wesentlich angenehmer waren als andere. Sollten sie ihren Konflikt doch lösen, wie sie wollten, aber nicht mein ›kindliches Gemüt‹ dafür mißbrauchen. Ich hoffte, mit der Zeit meine Eltern so erziehen zu können, daß sie mir möglichst wenig auf die Nerven gingen. Eigentlich eine Unverschämtheit, welches Maß an pädagogischem Geschick von einem Kind verlangt wurde.

Die schlimmste Zeit glaubte ich hinter mir zu haben. Ich sah inzwischen ganz gut, konnte meine Arm- und Beinbewegungen immer besser koordinieren und war den größten Katastrophen durch Glück entkommen. So hatte sich zum Beispiel der Haken des Mobiles genau in dem Moment aus der Decke gelöst, als Mutter mein Bettchen machte. Mit einem kurzen ›Plop‹ rasselte ihr der Holzzirkus auf den Schädel. Zu Tode erschrocken rannte sie zu meinem Vater und machte ihm eine heftige Szene, daß er mit seinem Unvermögen das Leben ihres Kindes aufs Spiel gesetzt hatte. Mein Vater betrachtete die tobende Furie, an deren Ohr noch der Affe baumelte, und bekam einen Lachanfall. Mutters Stimme überschlug sich, und ich konnte eine Eskalation nur noch dadurch verhindern, indem ich fürchterlich zu heulen anfing. Sofort eilten beide an mein Bettchen, um mich zu beruhigen.

»Wegen dir«, zischte Mutter.

»Wer hat denn hier geschrien«, konterte Vater, »und häng dir endlich den Affen da aus dem Gesicht, du siehst auch so schon doof genug aus.«

Das war einer von seinen polemischen Tiefschlägen, zu denen er immer dann ausholte, wenn er im Unrecht war oder sich gegen das penetrante Gemecker seiner Frau nicht zu wehren wußte. Normalerweise endete ihre Streiterei damit, daß Mutter heulend davonlief und Vater ein mehr oder weniger schlechtes Gewissen bekam. Wobei ich zugeben muß, daß dieses ewige Gezanke, so nervend es auch war, zumindest eine gewisse Abwechslung bot in meinem stupiden Babydasein.

Bald darauf fiel ich unter die Wölfe. Das Rudel versammelte sich regelmäßig unter dem Deckmantel einer Einrichtung, die ›Stillgruppe‹ genannt wurde. Bei dem Begriff könnte man glauben, es versammelten sich ein paar vergeistigte Menschen, um schweigend miteinander zu meditieren. Weit gefehlt, das Gegenteil war der Fall! Es handelte sich vielmehr um eine Versammlung der geschwätzigsten Sorte Mensch, die es gibt: junge Mütter. Bei so einem Treffen, das offiziell dem Erfahrungsaustausch diente und dem gegenseitigen Helfen bei den vielfältigen Problemen der Erziehung, traktierten sich die Frauen gnadenlos (und vor allem endlos) mit Erzählungen über das Werden und Wachsen ihrer Brut. Daran war an sich noch nichts Schlimmes. Aber wie sie es taten! Da erzählte eine detailliert, wie ihr Kleiner vorgestern zu Bett gebracht worden war, was sie gesungen hatte, wie oft er den Kopf gehoben und den Schnuller rausgespuckt hatte... Mit ausführlichen Exkursionen über die Sensibilität von Kindern im allgemeinen und über die von ihrem ›Butzibären‹ im ganz besonderen wartete eine andere Mutter auf. Von der Länge der Rede ermutigt, berichtete gleich darauf die nächste von den Einschlafschwierigkeiten ihres Lieblings, die sich allerdings von denen der Vorrednerin nur dadurch unterschieden, daß sie ihren ›Mausemops‹ dreimal wenden mußte. Ansonsten enthielt ihr Bericht die gleichen ermüdenden Details und Erläuterungen über die Sensibilität der Kinder wie der andere Vortrag auch. Das hinderte aber die nächste Mutter nicht daran, sich zu erdreisten, den gleichen Sermon nochmals durchzukauen, mit der Variante, daß ihr ›Dickerchen‹ nur einmal gewendet zu werden brauchte. Trotzdem wiederholte auch sie die übrigen Details in epischer Breite. Einfach grauenhaft! Für die anderen Babys mag das gleichmäßig laute Geplapper ja beruhigend gewesen sein, für mich, der alles Gesagte verstand, waren diese Treffen die reinste Folter.

Mit der Zeit lief dieser ›Erfahrungsaustausch‹ nach einem bestimmten, paradoxen Schema ab. In der ersten ›Halbzeit‹ wetteiferten die Mütter miteinander darüber, wessen Kind das schwierigste sei und wer am meisten unter den Allüren seines Nachwuchses zu leiden hatte. Denn das bedeutete, daß man den größten Anspruch auf das kollektive Mitleid der Gruppe hatte. Wobei nicht das Jammern das Schlimme daran war, sondern die endlosen Wiederholungen. So brachte es eine gewisse Edith fertig, nachdem sie das Wort ergriffen hatte, die Einschlafschwierigkeiten ihrer ›Kröte‹ in den letzten zehn Tagen nacheinander minutiös zu beschreiben, einschließlich ihrer Versuche, diese zu beheben. So konnte der interessierte Zuhörer vernehmen, daß ›Krötchen‹ am Dienstag gar nicht auf das Schlaflied, welches ihr am Montag noch so gefallen hatte, reagierte und am Mittwoch bereits morgens

Anzeichen mittelschwerer Müdigkeit gezeigt hatte etc. ...

Währenddessen gierten die anderen Weiber auf eine Atempause in Ediths Redeschwall, um ihre eigenen Nachterlebnisse loszuwerden. Hatte einer der Mütter ein Problem, bestand die Hilfe der anderen in erster Linie darin, zu sagen: »Ach, das ist noch gar nichts! ›Schnuffilein‹ hatte letztens ...«

Paradoxerweise versuchten dieselben Damen in der ›zweiten Halbzeit‹ die anderen davon zu überzeugen, daß die eigene Erziehungsmethode das einzig Wahre sei. Und zwar um so penetranter, je mehr sie vorher ihre Schwierigkeiten bejammert hatten. Auch hier tat sich Edith besonders hervor. Obwohl ihre ›Kröte‹ während der ersten Halbzeit in der Kategorie ›Verhaltensgestörte Wutanfälle‹ den ersten Platz belegt hatte. Es war offensichtlich, daß erheischtes Mitleid allein das Treffen noch nicht zu einem Erfolg machte, sondern erst die Anerkennung der eigenen pädagogischen Fähigkeiten wahre Befriedigung verschaffte. Dabei ertappte ich meine Mutter, wie sie verzweifelt irgendwelche Geschichten über mich erfand, die sie meistens aus den Fragmenten der anderen Erzählungen zusammenstellte. Denn selbstverständlich lag es mir fern, zu krakeelen, wenn ich nachts aufwachte. Auf Schnuller konnte ich verzichten, und Schwierigkeiten mit dem Einschlafen gab es bei mir auch nicht. Im Gegenteil, ich tat immer möglichst schnell so, als würde ich schlafen, damit Mutter mit ihrem schrägen Gesang aufhörte. Von daher war meine Erzieherin die absolute Außenseiterin, weil sie diesbezüglich nichts zu berichten hatte. Jedenfalls nichts Wahres! Dabei mußten ihr beim Zuhören der anderen Schauergeschichten Bedenken über meinen geistigen Zustand gekommen sein, denn sie betrachtete mich immer häufiger mit besorgtem Blick. Ich ahnte, daß die ganze Sache wieder auf einen Termin beim Kinderarzt hinauslaufen würde, und beschloß, ihr die ›erwünschten‹ Katastrophen zu liefern.

5

Ich entwarf einen Plan und setzte ihn gleich am nächsten Morgen in die Tat um. Normalerweise wurde ich so um 5 Uhr wach, döste noch eine Stunde vor mich hin, bis ich Hunger bekam, und machte mich dann bemerkbar. Mutter verabreichte mir im Halbschlaf das Fläschchen und ging dann wieder ins Bett, während ich wieder vor mich hindämmerte, bis ich erneut einschlief.

An diesem Morgen jedoch fing ich gleich um fünf Uhr an zu brüllen. Es dauerte eine ganze Weile, bis zwei verquollene Augen über meinem Bettchen auftauchten und mich ungläubig anblinzelten. Nach einem Blick auf die Uhr schwankte meine liebe Mama stöhnend in die Küche und bereitete meinen Brei. Beim Verzehr desselben ließ ich mir unendlich viel Zeit, so daß meine Fläschchenhalterin ein paarmal fast einschlief. Als sie sich danach zurückziehen wollte, fing ich wieder an zu schreien. Sie kam zurück und schaukelte mich ein wenig, bis ich wieder ruhig war. Ich konnte meiner armen Kehle ja auch nicht zuviel zumuten. Lieber sammelte ich die Kraft, um sofort loszuheulen, sobald sie Anstalten machte, wegzugehen. Auf diese Weise wurde ich nach und nach durch die Wohnung getragen, frisch gewickelt und mit einer Rassel traktiert. Letzteres ging mir ziemlich auf die Nerven, und ich schrie so lange, bis ich sah, daß meiner Mutter der Hals anschwoll und ihre Mundwinkel zuckten. Zufrieden dachte ich, daß sie mich jetzt am liebsten an die Wand werfen würde und nur von ihrem Mutterinstinkt zurückgehalten wurde. Oder vielleicht doch nicht? Sicherheitshalber unterbrach ich das Weinen und lächelte sie an, um damit den angeborenen Aggressionsblocker auszulösen. Der Hals schwoll etwas ab, dafür schien sie am Rande eines Kreislaufkollapses zu sein. Auch ich hätte eigentlich sofort einschlafen können, doch ich war noch nicht fertig mit ihr und mußte durchhalten. Es fehlte noch das gemeine, geniale Finale. Wie erwartet gab sie kurze Zeit später die Hoffnung auf, doch noch ins Bett zu kommen, und ging mit mir auf dem Arm in die Küche, um sich resigniert einen Kaffee zu kochen. Ab und zu nölend wartete ich ab, bis sie ihren zweiten Becher getrunken hatte und es klar war, daß sie nun nicht mehr schlafen konnte. Das war für mich der Moment, friedlich zu entspannen, lächelnd die Augen zu schließen und davon zu träumen, wie Mama mich mit rotgeränderten Augen entgeistert anstarrte und sich fragte, was sie mit sich so früh am Morgen, halbtot und speiübel, anfangen sollte.

Ich überlegte mir auch langsam, was ich mit mir bzw. mit meinem zweiten Leben anfangen sollte. Die tödliche Langweile der ersten Wochen wurde abgelöst von den strapaziösen Monaten, in denen ich unser Familienleben, Still- und andere Gruppen ertragen mußte. Obwohl ich oft überlegte, wie ich diese ersten Jahre durchhalten würde, machte mir ein anderes Problem immer mehr Sorgen. Bei den Treffen der Stillgruppe wurde mir bewußt, was unser aller Leben zum großen Teil ausmacht: die Kommunikation! Wenn auch das Beispiel der Stillgruppe zu den anstrengendsten Gesprächsformen gehörte, die kennenzulernen ich das Pech hatte, so erinnerte es mich doch daran, was mir in meiner vorherigen Existenz am wichtigsten war: der geistige Austausch mit anderen, das endlose Palavern und Streiten über Forschung und Theorie, das Reden über die eigene Arbeit und die Erfahrungen, die man während des Älterwerdens gesammelt hatte. Nun war ich dazu verdammt, dem geistlosen Gerede junger Eltern zuzuhören. Und was würde sein, wenn ich älter wurde, zur Schule ging usw.? Ich würde nie Gesprächspartner auf meinem Niveau finden, oder sollte ich als Zwölfjähriger bei Podiumsdiskussionen der wissenschaftlichen Elite mitstreiten? Das ging vielleicht zur Zeit Jesu Christi, aber heute hätte mich ein Saalordner am Hosenbund geschnappt, noch bevor ich mich dem Gesprächskreis auf zwanzig Meter genähert hätte. Sollte ich dem Ordner erzählen, ich könne die veralteten Thesen der Herren dort in zwei, drei Sätzen widerlegen? Wahrscheinlich wußte er gar nicht, was eine These war, und würde mich kurzerhand vor die Tür setzen.

Ob es sich überhaupt lohnte, all die gemachten Erfahrungen noch mal zu machen, noch mal zu erleben? Wie sollte man die Euphorie der jungen Jahre wieder aufleben lassen, wenn einem das Ergebnis schon bekannt war? Also kein Hoffen, kein Träumen, kein Rausch neuer Erkenntnisse? Nur ein zweites, aufgewärmtes Leben, ein mühsamer Abklatsch des ersten? Oder hatten sich die Zeiten so verändert, daß die Erfahrungen ganz anders sein würden als damals, als ich jung gewesen war. Von einer Stillgruppe zum Beispiel hatte ich in meiner Kindheit nie etwas gehört. Aber ob dies eine Verbesserung darstellte? Mit Grauen sah ich mich in einer Schar pubertierender Pennäler, die mit schriller Stimme ihr verklemmtes sexuelles Wissen preisgaben. Hatte das alles einen Sinn? Ich fühlte mich sehr, sehr müde. In diesem Augenblick glaubte ich, daß mich nichts noch mehr nach unten ziehen könnte. Ich irrte. Mutter erschien, nahm mich in den Arm und sagte nur: »Hallo, Ramona!«

Das war's. Über all den ›Schatzileins‹, ›Herzchen‹ und ›Häslein‹ hatte ich ›Ramona‹ ganz vergessen. Ich würde nicht in der Schar pubertierender Pennäler stehen, sondern Opfer ihrer tumben Bemühungen sein. O Gott! Mir wurde schlecht.

Am nächsten Morgen ging es mir etwas besser. In der Nacht hatte ich beschlossen, lesbisch zu werden, und noch andere Perspektiven entwickelt, die mein neues Dasein reizvoller gestalten könnten. Zum Beispiel dachte ich mir, es sei doch bestimmt interessant, gewisse Entwicklungen unter anderen Vorbedingungen zu vollziehen. In meinem früheren Leben war ich eher schüchtern gewesen, und meinen Aufstieg hatte ich nicht meiner Ausstrahlung oder gar meinem Durchsetzungsvermögen zu verdanken, sondern meinem Fleiß, mit dem ich mir ein derart großes Potential an Wissen aneignete, daß mich einige Karrieristen wohlwollend als Assistenten mit nach oben schleiften.

Jetzt aber waren die Voraussetzungen anders. Meine Psyche war oft und gründlich analysiert worden und konnte nicht noch mehr verkorkst werden. Wissen ist Macht, und ich wollte meine Macht einsetzen! Gegen unfähige Lehrer, aufgeblasene Halbwissende, gegen... ich wußte noch nicht gegen wen. Und den Weibern würde ich imponieren... ha! Im Lesbenclub ›La Bruja‹ würden mir alle zu Füßen liegen, jede Nacht eine andere! Doch vorerst galt es schlichtweg, die Zeit bis zum Kindergarten zu überstehen. Das war eine der willkürlichen Hoffnungsmarken, die ich mir gesetzt hatte.

6

Endlich kam ich wieder an die frische Luft. Das Wetter war so schön geworden, daß selbst meine Mutter sich traute, mich den Unbilden der Natur auszusetzen. Welch eine Wonne nach den Wochen stickiger Zimmerluft! Leider konnte ich noch nicht sitzen, aber auch so war es herrlich, den blauen Himmel, die Blätter der Bäume und die Fassaden alter Häuser vorbeiziehen zu sehen. Ich lag in einem großen, alten Kinderwagen mit Riemenfederung, in dem es sich urbequem dahingondelte. Fast fühlte ich mich wie in meinem großen Schaukelstuhl, in dem ich abends zu entspannen pflegte. Man sah mir mein Wohlgefühl sicher an, denn meine Erzieher strahlten die ganze Zeit in den Wagen und ließen sich leider auch von übersehenen hohen Bordsteinkanten nicht von ihrem Elternglück abbringen. Trotzdem war ich in doppelter Hinsicht dankbar. Erstens für die bitter benötigte Abwechslung und zweitens über die freundliche Atmosphäre zwischen meinen Eltern. Es hätte also alles ganz prima sein können, doch bald trat eine Veränderung ein, die ich mir anfangs gar nicht erklären konnte. Es begann damit, daß uns andere Mütter und

Väter mit Kinderwagen begegneten. Man grüßte sich, fragte nach dem Alter des Kindes oder ging freundlich lächelnd aneinander vorbei. Dieses Ritual machten meine Erzieher mit Begeisterung mit, aber die Miene meiner Mutter verdüsterte sich zusehends, je mehr Kinderwagen wir trafen. Mit Erstaunen registrierte ich, daß sie offenbar mehr die Wagen als deren Insassen begutachtete, während mein Vater seine gute Laune behielt. Plötzlich hatte es meine Mutter sehr eilig, wenn andere Babytransporter in Sicht kamen, und soweit es möglich war, schlug sie einen Haken oder machte andere Ausweichmanöver. Dies veranlaßte meinen Vater zu fragen, ob sie mal auf Toilette müsse, weil sie so rase. Mutter verneinte und begann langsam, aber immer penetranter an unserem Kinderwagen herumzunörgeln.

»Ich finde, der Wagen ist viel zu schwer.«

»Ach was, das Ding ist wenigstens noch robust!«

»Und schlecht lenken läßt er sich mit diesen alten Rädern auch!«

»Blödsinn! Mit diesen Rädern kann man wenigstens auch mal über eine Wiese oder einen Feldweg fahren. Die modernen, lenkbaren Miniräder bleiben doch in jedem Mauseloch hängen.«

»Hier in der Stadt gibt es keine Mauselöcher, und Feldwege schon gar nicht.«

»Na und? Willst du mit dem Kind immer in der Stadt rumschaukeln? Damit es möglichst viele Autoabgase abkriegt, was?«

»Unser Kinderwagen ist viel zu groß und unhandlich. Wenn man ihn in den Kofferraum laden will, muß man ihn ja erst mal auseinanderbauen.«

»Mein Gott, das Oberteil abnehmen und das Untergestell zusammenklappen dauert doch höchstens 50 Sekunden.«

»Und außerdem sieht es schäbig aus!«

»Schäbig? Spinnst du? Der Stoff ist doch völlig in Ordnung, fast wie neu.«

»Roter Samt, wie abscheulich!«

»Wie bitte?«

»So was trägt man seit zwanzig Jahren nicht mehr!«

»Erstens ist der Wagen höchstens acht Jahre alt, davon die letzten sieben unbenutzt, und zweitens tragen wir ihn nicht, sondern fahren ihn.«

Mutters Stimme bekam einen weinerlichen Ton. »Wir haben nur alten Mist! Das Bettchen von deiner Schwester, die Strampelhosen von meinem Cousin, den Kinderwagen von Bekannten und so weiter. Ich will auch mal was Neues haben.«

»Was ist denn jetzt los? Was meinst du,

was das gekostet hätte, wenn wir das alles selbst hätten kaufen müssen? Ist doch auch völliger Blödsinn, Sachen, die höchstens acht Wochen getragen werden, wegzuwerfen. Und der Ramona ist es doch völlig egal, ob sie in neue oder gebrauchte Hosen scheißt!«

»Aber mir nicht!« schrie Mutter. »Und wenn sie schon lauter altes Zeug hat, soll sie wenigstens einen modernen Kinderwagen haben. Mit einem modernen, bunten Stoffbezug, zusammenklappbarem Gestell und schwenkbarer Lenkstange. Und nicht so ein altes Wrack, für das man sich schämen muß.«

»Aber das ist doch Blödsinn, 350 Mark auszugeben, nur weil ein neuer Wagen modischer ist.«

»Und leichter und praktischer.«

»Meinetwegen, aber in einem Jahr sitzt sie sowieso im Buggy, und dann steht der Karren rum.«

Mein Vater tat mir leid, und Mutter strafte ich mit Verachtung.

»Bei den neuen Kinderwagen kann man außerdem die Lehne hochklappen. Dann kann das Kind sitzen und besser sehen.«

Ich desertierte zu Mutter.

Diese Diskussionen begleiteten fortan jeden Spaziergang von Anfang bis Ende, was mir die Freude an dieser Abwechslung gründlich vergällte. Im Gegenteil, sie wurde zu einer Tortur, und nach einer Woche lagen meine Nerven so blank, daß ich meinem Vater für sein Einlenken mehr als dankbar war. Mutter ihrerseits steuerte den alten Kinderwagen schnurstracks zum renommiertesten Fachgeschäft der Stadt.

Dort nahm mich Vater mit leichenbitterer Miene auf den Arm, während seine Gattin tellergroße Augen bekam angesichts der bunten Auswahl ›windkanalgetesteter Kinderwagen‹. Das Modell mit den multipelsten Eigenschaften war schnell gefunden, die Entscheidung über die Farbe des Bezugs dauerte dafür um so länger. Daß sie doch endlich fiel, verdankte ich Vater, der bemängelte, daß das favorisierte Modell keinerlei Schutz vor der Sonne bot.

»Alles kein Problem«, klärte ihn die Verkäuferin auf, »als Zubehör gibt es einen anschraubbaren, verstellbaren Sonnenschirm. Und zu dem buntkarierten Modell sogar in der gleichen Farbe.«

Meine Mutter ließ sich davon zu einem entzückten Aufschrei hinreißen, und die Verkäuferin holte eiligst den Schirm. Damit war die Frage des Musters geklärt. Allerdings dauerte es eine Weile, bis sie zwischen all den Scharnieren, Verschlüssen und Verkleidungen eine freie Stelle an dem Gestell gefunden hatte, um den Schirm anzubringen. Sie drehte ihn mit einer endlos langen Schraube fest, welche sich gefährlich in den Stoff bohrte. Endlich hatte sie es geschafft und öffnete stolz den Minischirm, der bestens dazu geeignet war, meinen rechten Fuß zu beschatten (bei günstiger Sonnenkonstellation vielleicht sogar beide Füße). Mutter war begeistert, Vater wollte wissen, was wäre, wenn es regnete. Daraufhin brachte die Angestellte ein durchsichtiges Regenkombigestell, steckte es auf den Kinderwagen auf, zog einen Plastiksack über das Fußteil und schaffte es irgendwie, alle losen Bendel und Ösen irgendwo einzuhaken. Selbst Vater war beeindruckt, was ihn aber nicht hinderte zu fragen, wie der Wagen denn zusammenzulegen sei.

»Das ist ganz einfach«, freute sich die Verkäuferin zu erklären. »Da ist unter dem Sitz ein Bügel, auf den tritt man drauf, drückt das Oberteil nach vorne, löst rechts den Sicherungshaken, und dann klappt der Wagen zusammen.«

»Könnten Sie uns das mal vorführen?«
»Aber gerne.«
Sie tapste mit dem Fuß nach dem Bügel,

fand ihn nicht, kniete sich auf den Boden und suchte. Schließlich entdeckte sie, daß er sich am Kopfende des Wagens befand.

»Wir haben ja so viele verschiedene Modelle«, erhob sie sich süffisant lächelnd und ging auf die andere Seite. Sie trat auf den Bügel, aber nichts passierte, da sich die Lenkstange gegenüber befand. Also wieder herum, Lenkstange ausrasten und hinüberschwenken. Dabei sank die Karre unprogrammgemäß in die Knie, weil der Bügel ja schon gelöst war. Lenkstange wieder zurück, Gestell mit der Hand auseinandergezogen, bis der Bügel wieder einklinkte. Dann wieder Lenkstange ausrasten und hinüberschwenken.

Das funktionierte aber nicht, weil die Stange nicht über den hoch aufragenden Regenschutz paßte. Verkniffen zerrte die Verkäuferin an dem Regenteil, nachdem sie die Lenkstange wieder in die Ausgangsposition gebracht hatte.

»Wenn es noch neu ist, klemmt es manchmal«, entschuldigte sie sich, »aber das geht jetzt ganz schnell.«

Sie schaffte es auch in relativ kurzer Zeit, wobei sie beim Rausziehen fast das Gleichgewicht verloren hätte. Schweißgebadet zog sie die Lenkstange hinüber, die aber trotz Gewaltanwendung nicht einrasten wollte.

Das lag an dem Stoffbezug, der über den Dorn gerutscht war und klemmte. Aber die Stange wieder hochzuhieven und den Stoff herauszufingern war eine Sache von höchstens ein paar Minuten. Zum Glück rastete die Stange ein, bevor die Verkäuferin ausrastete. Sie trat nun erneut auf den Bügel, löste den Sicherungshaken, und — o Wunder — der Kinderwagen legte sich ächzend zusammen, auch wenn der Regensack am Fußende gefährlich im Gestänge eingeklemmt wurde. Aufklappen war viel einfacher, das tat er automatisch, wenn man versuchte ihn hochzunehmen. In den Kofferraum hob man ihn daher besser zu zweit. Und den Regenaufsatz konnte man ja auch vorne im Wagen unterbringen.

Vater sah höhnisch auf Mutter, die jedoch nichts von ihrer Begeisterung verloren hatte.

»Siehst du, wie praktisch!«

»Kolossal! Was soll denn das Puzzlespiel kosten?« wandte er sich an die Verkäuferin.

»Mit Schirm und Regenaufsatz kommt das Ganze auf circa vierhundertfünfzig Mark, aber ich geh' gleich mal den genauen Preis nachsehen.«

»Mein Gott«, stöhnte Vater, nachdem die Angestellte verschwunden war, »vierhundertfünfzig Mark, soviel hat nicht mal mein erster VW gekostet!«

»Geld, Geld, Geld«, schluchzte seine Frau, »immer denkst du nur ans Geld! Das Wohl deines Kindes ist dir völlig gleichgültig!«

Er gab sich geschlagen, und sie trocknete noch schnell ihre Tränen, bevor sie gemeinsam zur Kasse marschierten. Ich betete zu den Göttern, daß diese Höllenmaschine nicht mal zusammenklappte, wenn ich drin saß. Draußen vor der Tür wurde ich von meiner überglücklichen Mutter in den neuen Wagen gesetzt, derweil Vater sich gegenüber ein Eis besorgte, um sein Gemüt zu kühlen. Unglücklicherweise kam er auf die Idee, daß auch mir ein Eis schmecken könnte. Das war grundsätzlich nicht falsch, nur konnte ich so ein Hörnchen nicht lange festhalten. So klatschte schon bald die Schoko-Erdbeermischung auf den buntkarierten Stoffüberzug. Mutter schrie, als sei ich gerade vom Auto überfahren worden, und Vater schien kurz davor zu stehen, ihr eine Ohrfeige zu verpassen.

»Bist du übergeschnappt«, tobte er, »wegen dem bißchen Eis so ein Theater zu machen?«

»Bißchen Eis?« brüllte sie. »Der Wagen hat schließlich vierhundertfünfzig Mark gekostet!«

7

Als Folge der Eis-Episode machte Mutter es sich zur Gewohnheit, mir beim Ausfahren ständig die Finger und den Mund abzuwischen, damit ich ja nichts einsabberte. Das versaute mir auch noch den Rest des Vergnügens, in diesem ungefederten Schnickschnack Wind und Wetter zu genießen. Wie bequem war das alte Gefährt gewesen, aber der Zeitgeist forderte seine Opfer. Doch das sollte sie mir bezahlen. Bei einem der nächsten Spaziergänge war es soweit. Wir begegneten Mamas bester Freundin, Gerda. Noch bevor ich sie sah, merkte ich an der angespannten Körperhaltung meiner Mutter, daß Gerda in der Nähe war. Stolz lächelnd schritt Mama ihr entgegen, um ihren größer gewordenen Sprößling und — ganz nebenbei versteht sich — den neuen Kinderwagen vorzustellen. Als Gerda noch etwa zehn Schritte entfernt war und schon ihre Gießkannenstimme zur freudigen Begrüßung erhob, steckte ich mir den Finger in den Hals, ganz tief und ganz lange (zum Mittag hatte ich Karottenbrei und zum Nachtisch gematschte Himbeeren). Kaum war mein Mittagsmahl auf dem schönen neuen Bezug gelandet, begann ich ›buntkariert‹ in ›uni‹ zu verwandeln, indem ich freudig kreischend mit beiden Händen in dem Erbrochenen herumpatschte. So lange, bis ich neben mir im Gras einen dumpfen Aufprall hörte und Gerda mit erschrockenen Augen herbeistürzte. Die fulminante Wirkung meines Auftritts überraschte mich doch ein bißchen, aber mein Mitleid hielt sich trotzdem in Grenzen. Im Grunde hatte ich Mutter sogar einen Gefallen getan, jetzt mußte sie in der ›Stillgruppe‹ wenigstens keine Katastrophengeschichten mehr erfinden, sondern konnte aus dem realen Leben berichten. Zu meiner Schande muß ich gestehen, daß mich die Aktion erheitert und mir neuen Auftrieb gegeben hatte.

Dieser Auftrieb hielt aber nicht lange vor, und ich fragte mich ziemlich bald, ob es als Lebensinhalt reichte, andere zu ärgern. Ich bekam wieder einmal eine Krise, ausgelöst durch die immense Ödnis, die mein Dasein bestimmte.

Trotz meiner letzten heimtückischen Tat wurde mir in den nächsten Tagen eine ›Krabbelecke‹ eingerichtet. Bis dahin hatte ich nicht im Traum daran gedacht, mich irgendwelchen albernen Turnübungen wie ›Rollen‹ oder ›Robben‹ hinzugeben — was ich bald bedauern sollte. Die Krabbelecke bestand aus einer bezogenen Schaumstoffmatte, über der zu meinem Leidwesen wieder das Zirkusmobile mit dem Affen und dem anderen Viehzeug schwebte. Der Haken, an dem dieses öde Holzensemble baumelte, hatte diesmal gewaltige Ausmaße und sah so aus, als würden normalerweise Weinfässer an ihm hochgehievt. Auf besagter Matte wurde ich vorsichtig hingesetzt, und man wartete, bis ich hintenüber kippte, um festzustellen, ob der Schaumstoff auch dick genug wäre. Da ich von diesem Test nichts ahnte, fiel ich auch nicht um, sondern ließ mich von meinem Vater minutenlang anglotzen. Irgendwann verlor er die Geduld und ich meinen Halt, da er mich einfach umschubste. Ich knallte auf meinen Hinterkopf und brachte vor Überraschung keinen Ton heraus. Der Alte grunzte zufrieden über sein Werk, richtete mich auf, um mich sofort wieder umzustoßen.

Anscheinend wollte er sichergehen, daß ich mir auch wirklich nicht weh tun würde. Ich weiß nicht, wie lange dieser Blödmann seine Versuche fortgeführt hätte, wenn nicht Mutter in der Tür erschienen wäre, um ihn wegen seines Treibens anzufauchen. Sie beruhigte sich aber bald wieder, um sachkundig den Bezugsstoff der Matte zu prüfen.

Er war zwar nicht buntkariert, schien aber trotzdem ihrem Urteil standzuhalten. Danach setzten sich beide doch wahrhaftig vor meine Matte und hofften, daß ich sofort loskrabbeln würde. Eigentlich hätte ich ihnen ja den Gefallen tun können, um ihnen zur Abwechslung mal etwas Freude zu bereiten. Aber wenn ich jetzt losgewackelt wäre, hätten meine Eltern stundenlang vor mir auf dem Boden gesessen und mich mit ihrem ›Hach guck mal wie süß, wie tapsig, wie schnuffig, etc.‹ genervt. Außerdem hätten sie mich todsicher angeschubst, meine Beine und Arme bewegt und mir irgendwelchen Mist vor die Nase gehalten, um meinen Vorwärtsdrang zu aktivieren. Doch Rasselchen und Schnullerchen aktivierten bei mir gar nix, und um weiteren Belästigungen zu entgehen, beschloß ich eine meiner Zen-Meditationen abzuhalten, mit denen ich in meinem früheren Leben oft für meine Entspannung gesorgt hatte.

Wenn man mir statt Schnuller ein Glas Bier hingestellt hätte, wäre ich wahrscheinlich eher zu motivieren gewesen, aber da die Chancen hierfür denkbar schlecht standen, versank ich in Erstarrung. Das hatte zwar den gewünschten Effekt, daß meine Eltern ihr Warten aufgaben, aber an dem Gesichtsausdruck meiner Mutter erkannte ich, daß bald wieder ein Besuch beim Kinderarzt fällig sein würde. Es war zum Heulen.

Tags darauf bereute ich bitter, daß ich bisher meine motorischen Fähigkeiten und meine Muskeln so vernachlässigt hatte. Ich entdeckte nämlich zu meinem Entzücken eine Zeitschrift, die über den Rand eines niedrigen Tischchens hing, gar nicht weit entfernt von meiner Krabbelmatte. Endlich mal die Chance, andere Informationen zu erhalten als den Tratsch der Mütter. Die Vorstellung, wieder einmal etwas lesen zu können, ließ mich vor Erregung fast platzen. Mutter hantierte in der Küche, Vater war fort, also war die Luft rein. Ich versuchte loszukrabbeln und fiel sofort auf die Klappe (auf mein kleines Näschen wollte ich sagen). Ich war überrascht, wie wenig es schmerzte, was wohl mit der geringen Fallhöhe zusammenhing und damit, daß bei einem Baby die Knorpel und Knochen noch sehr weich sind. Nichtsdestotrotz kam ich so nicht weiter. Es fehlten eindeutig die Koordination und das Training der Gliedmaßen. Also quälte ich mich mühsam durch Wälzen, Rollen, Drehen etc. nach vorne. Es schien mir unendlich lange zu dauern, aber endlich hatte ich das Tischchen erreicht. Nach einer ausgiebigen Verschnaufpause reckte ich mich, auf dem Rücken liegend, nach dem Zipfel der Zeitschrift. Nach zwei Fehlversuchen gelang es mir, ihn zu grabschen und die Illustrierte herunterzuziehen. Plötzlich schlug ein Riesenhammer gegen meinen Kopf. Sterne glitzerten vor meinen Augen, und Aschenregen fiel auf mich herab. Mein Schädel dämpfte das Geräusch des aufschlagenden Glasaschenbechers, der auf der Zeitschrift gestanden hatte, so daß meine Mutter nichts bemerkte. Angeschlagen wie ein Boxer, den man bis 66 angezählt hat, eierte ich, die Beute im zahnlosen Mund verzweifelt festgeklemmt, zurück zu meiner Krabbeldecke. Dort versteckte ich mit letzter Kraft das Journal unter der Schaumstoffmatte und lauschte dem Pochen in meinem Hirn, bis mich der Schlaf erlöste.

Geweckt wurde ich von dem Gezeter meiner Mutter wegen des umgestürzten Aschenbechers, den Dementis meines Vaters sowie dessen Vorwürfen, sie habe die Zeitschrift verschlampt. Als Mutter mich erblickte, stieß sie einen Schrei aus.

»Ramonaaa, wo hast du denn das blaue Auge her? Du mit deiner verdammten Matte«, schrie sie ihren Mann an. »Sieh sie dir an!«

»Ach Quatsch«, konterte mein Vater, »der Schaumstoff ist okay. Bestimmt ist sie gegen den Blumenhocker gefallen. Ich hab' dir schon tausendmal gesagt, du sollst ihn aus der Ecke dort wegschaffen.«

»Wo soll ich denn den Ficus hinstellen, der paßt doch so gut dahin?«

»Dann mußt du eben in Kauf nehmen, daß eines Tages der Blumentopf samt Ficus unser Kind erschlägt.«

»Ramona, armes Mäuschen.« Meine Mutter erinnerte sich wieder an mich und eilte herbei. »Schlimm siehst du aus, ganz ganz schlimm. Und du bist so tapfer und weinst gar nicht.«

Vater sah mich mißtrauisch an. »Stimmt! Eigentlich müßte sie doch bei so einer Beule wie am Spieß geschrien haben! Du mußt doch etwas gehört haben! — Oder warst du gar nicht da?«

»Bist du verrückt? Glaubst du, ich gehe weg und laß das Kind allein zurück? Du hast sie wohl nicht mehr alle!«

»Hmm, warst du denn allein in der Wohnung?«

»Was meinst du damit? — Sag mal, hast du 'nen Sprung in der Schüssel?«

»Du wirst doch wohl zugeben, daß es äußerst merkwürdig ist, daß Ramona sich so ein Ei an die Rübe holt und du davon nichts mitkriegst, oder?«

»Was weiß denn ich! Ich war die ganze Zeit in der Küche und habe gespült und gekocht. Wenn sie geschrien hätte, müßte ich es doch gehört haben.«

»Eben!«

»Sie hat aber nicht geschrien«, fauchte Mutter ihn an und nahm mich hoch. Unglückseligerweise kam mir der Gedanke loszuheulen, da ich damit schon öfter den Zank meiner Eltern unterbrochen hatte.

»Sieh mal an«, regte sich Vater auf. »Kaum spricht man ein bißchen lauter, schon fängt unser Sensibelchen an zu weinen. Aber bei so einem blauen Auge, da bleibt sie angeblich ganz still!« Er machte auf dem Absatz kehrt und schlug die Zimmertür hinter sich zu.

»Edgar! Ich schwöre dir, sie hat nicht geschrien!«

Und ich schwöre bei Gott, das hatte ich nicht gewollt. So legte ich unbedachterweise den Arm um den Hals meiner schluchzenden Mutter und streichelte ihr zum ersten Mal die Wange. Sie sah mich völlig irritiert an, und mir wurde klar, daß mein Verhalten mindestens sieben Monate zu früh kam. Jetzt war der Besuch beim Kinderarzt zu hundert Prozent sicher. Meine Tarnung aufrechtzuerhalten gestaltete sich immer schwieriger. Ich konnte von Glück sagen, wenn man mich nicht zum Kinderpsychologen schleppte. Ich mußte nämlich zu meiner Schande gestehen, daß ich mich fast ausschließlich um den ›Urschrei‹ und die daraus resultierende Psyche der Erwachsenen gekümmert hatte. Was dazwischen lag, hatte ich sträflich vernachlässigt. So konnte ich einfach nicht mehr zusammenkriegen, wann ein Kleinkind sich wie verhält. Ich beschloß, in der Stillgruppe die Kinder meines Alters genauer zu studieren. Leider ließ Mutter das anstehende Treffen ausfallen, vermutlich, weil sie den anderen Müttern kein derart lädiertes Kind präsentieren wollte, was eindeutig nach verletzter Aufsichtspflicht aussah. Zudem setzte sie mein blaues Auge mit Krankheit gleich, und so wanderte ich erst mal für drei Tage ins Bett. Ich zitterte die ganze Zeit bei dem Gedanken, jemand könnte die Schaumstoffmatratze wegräumen und die Zeitschrift entdecken. Ansonsten nutzte ich die Tage, um meinen kleinen Körper zu trainieren und Versäumtes nachzuholen. So versuchte ich auf allen vieren zu stehen, zu schaukeln und so weiter. Liegestütz konnte ich natürlich nur üben, wenn keiner zusah. Als die drei Tage vorbei waren, wurde ich wieder in meine Krabbelecke gebracht und auf meine Matte gesetzt. Ich strahlte meine Eltern an, beglückte sie mit ein paar Kieksern, und zur Feier des Tages ließ ich mich sogar zu einem kurzen fröhlichen Lachen hinreißen. Vater nahm Mutter in den Arm, und beide glotzten wonnetrunken auf ihr ›Mausiherz‹. Na also, alles war wieder in Ordnung. Endlich hatten sie sich genug an ihrem Glück berauscht. Vater ging zur Arbeit, und Mutter zog sich seufzend in die Küche zurück.

Meine Stunde war gekommen. Langsam tastete meine Hand unter der Matte entlang, bis sie Papier fühlte. Die Zeitschrift war noch da! Ich hatte bis zu diesem Tag nicht gewußt, wie wunderbar sich Papier anfühlen konnte. Bedrucktes Papier, Zeilen voller Nachrichten, Informationen, Hintergrundberichten und vielleicht sogar einer psychologischen Abhandlung! Der Schluck Wasser in der Wüste, das Feuer in arktischer Nacht, Manna für meine Hirnzellen! Vor Spannung zitternd zog ich meine Beute hervor: ›Das Goldene Blatt‹! Ich hätte es mir denken können. Doch wer glaubt, ich wäre vor Schreck zusammengebrochen, der irrt sich. Ich war, was mein Lesebedürfnis angeht, derart ausgehungert, daß ich mich sogar über das Vereinsblatt der Taubenzüchter gefreut hätte. So verschlang ich fiebernd die Hochzeiten von Grafen und Prinzessinnen, erfuhr, was für Socken der Bundeskanzler bevorzugt, welche Übungen gut gegen Verstopfung sind, und als ich las, daß Charles und Lady Di wieder Krach gehabt hatten, kamen mir fast die Tränen. Keine Tränen des Mitleids, sondern Tränen des Glücks. Schließlich war das ja schon fast eine politische Meldung, nicht wahr? Ich war so im Lesegenuß versunken, daß ich gar nicht bemerkte, wie Mutter das Zimmer betrat. Sie sah gerade, wie ich mir den Finger im Mund anfeuchtete, um eine Seite umzublättern, und stürzte sich auf mich.

»Nein, nein, nein! Papier kann man nicht essen! Gibst du es mir her.«

Panisch rammte sie mir ihren Zeigefinger in den Mund und fingerte rücksichtslos nach einem Fetzen Papier, der gar nicht existierte. Wenn ich schon Zähne gehabt hätte, dann...! Sie wurde bleich.

»Hast du es schon runtergeschluckt, hmm, hast du es schon runtergeschluckt?«

Diese ständigen Satzwiederholungen nervten mich. Erwartete sie etwa, daß ich antwortete? Oder lag es an ihrer mangelnden sprachlichen Phantasie, daß sie einmal kreierte Sätze mehrmals hintereinander verwendete? Sie untersuchte die Zeitschrift, um die Menge meines ›Verzehrs‹ einschätzen zu können. Da sie weder angenagte noch weichgelutschte Stellen fand, beruhigte sie sich wieder etwas.

»Die Zeitung ist nichts für kleine Babys, nein, nein, nein«, singsangte Mutter, »die schmeckt ganz bäh! Ganz bäh schmeckt die! Warte, ich hole dir was zum Angucken.«

Da entschwand ›Das Goldene Blatt‹, in dem ich gerade zu meiner Begeisterung ein Kreuzworträtsel entdeckt hatte. Doch das Schicksal schwang noch einmal seinen Hammer in Form eines Bilderbuches, welches Mutter anschleppte und vor mir aufbaute.

»Sieh mal, wie schön.« Sie schlug den Kartonband auf. »Aah, ein großer, großer, grüner Frosch!«

Das war zuviel für mich! Ich ließ meinem Frust freien Lauf und schrie hemmungslos meine Verzweiflung in die Welt hinaus.

»Oh, hat dich der Frosch erschreckt? Der böse, böse Frosch! Komm, Mama bringt dich ins Heiabettchen.«

8

Ich beschloß, aktiver zu werden, denn wenn ich mich weiterhin der Apathie hingab, würde ich bald vor die Hunde gehen. Zeitweise überlegte ich sogar, als Wunderkind aufzutreten, um mir den ganzen Firlefanz wie Kindergarten und Schule zu ersparen und endlich wieder normal kommunizieren zu können. Aber ich fand, daß zum jetzigen Zeitpunkt das Wunder doch ein bißchen zu groß wäre und daher mehr Aufmerksamkeit auf sich ziehen würde, als mir lieb sein konnte. Denn sicher würde man meinen Werdegang genau rekonstruieren und am Ende auf jenes seltsame Experiment stoßen, zu dem sich meine Mutter gegen gute Bezahlung hatte überreden lassen, ohne später von irgendwelchen Resultaten zu hören. Meine Eltern hatten auch nie nachgefragt und das Ganze über den Aufmerksamkeiten für das neue Familienmitglied bald vergessen. Aber wenn ich als ›Wundergirl‹ in die Schlagzeilen der Presse käme, würde man schnell fragen, was denn das für ein Experiment gewesen sei. Die Gefahr, daß man dabei zwei und zwei zusammenzählte und ich vor Gericht landete, war zu groß, und so hieß es abwarten und Fläschchen trinken.

Trotzdem, ich mußte dringend etwas für meine Psyche tun, sonst würde ich bald in der Kinderklapsmühle landen. Zwar nicht als ›wunderbar‹, aber dafür als ›unheilbar‹! Die Aktion mit der Zeitschrift war schon ein hoffnungsvoller Anfang gewesen, auch wenn es nicht so richtig geklappt hatte. Aber wenn ich erst mal durch die Wohnung krabbelte, würden sich noch genügend andere Möglichkeiten auftun. Auch wäre es bestimmt nicht zu auffällig, die Nachrichten im Radio zu hören, ich mußte dabei nur in einem Bilderbuch blättern oder auf Vaters Schlappen herumkauen.

Von frischem Schwung gepackt und von neuen Zeiten beseelt, machte ich mich daran, das Krabbeln zu erlernen. Oder vielmehr zu trainieren, wie es ging, wußte ich ja. Meine Eltern nahmen es mit Freude und mit Erstaunen zur Kenntnis, denn es ging natürlich alles viel zu schnell und wahrscheinlich auch viel zu früh. Das war mir im Moment jedoch völlig egal, ein paar Konzessionen mußte man auch an mich machen, fand ich. Mutter hingegen fand, ich solle drei Wochen vor Termin zur Untersuchung zum Kinderarzt. Wobei ich nicht wußte, ob sie gerade wegen dieser Auffälligkeit den Entschluß faßte oder ob der Auslöser jener anerkennende Pfiff war, den ich aus einem Reflex heraus ausstieß, als ich sie eines Tages nackt aus dem Bad kommen sah. Ich muß dabei betonen, daß ich — zu meinem eigenen Erschrecken und Leidwesen — keinerlei Gefühle oder Begierde verspürte. Es war einfach nur der chauvinistische, aus der Erinnerung geborene Kommentar zu einer gutgebauten Figur. Im Alter von sechzig ist man ja über vieles hinaus, aber schließlich war ich wieder jung; und auch wenn ich jetzt selber eine Frau war, war ich in meiner Denkweise ein Mann geblieben.

Jedenfalls beschloß ich, in Zukunft etwas netter zu meiner Mutter zu sein. Ich verzieh ihr sogar, daß sie mich schon wieder zum Kinderarzt schleppte, was in mir ein sehr mulmiges Gefühl hervorrief.

Dr. Schiemer empfing uns mit neuer Brille, modisch rosa, hinter der er seine gelichtete Stirn in Falten legte.

»Sie sind drei Wochen zu früh.«

»Ich weiß, aber Ramona war in letzter Zeit so seltsam und...«

»Ja, ja, das haben Sie mir schon am Telefon erzählt«, unterbrach er meine Mutter. »Na, da wollen wir mal sehen.« Er seufzte abgrundtief, als wäre sie verantwortlich für das Heer der anderen überbesorgten Frauen, die seine Nerven wegen jeder Kleinigkeit überflüssigerweise strapazierten. Blasierter Affe, dachte ich bei mir, aber Mutter war so eingeschüchtert, daß sie kein Wort mehr zu sagen wagte. Was etwas heißen sollte!

Der Doktor schaute mir zuerst in die Augen. Er erinnerte sich wohl an das letzte Mal, denn er tat es aus gebührendem Abstand. Danach machte er die üblichen Hör- und Reaktionstests, aber diesmal war ich vorbereitet. Ein positiver Aspekt der Treffen der Stillgruppe war nämlich, daß die Damen ausführlich von ihren Kinderarztbesuchen erzählten. Gingen mir normalerweise die minuziösen Ausschweifungen auf den Geist, so lauschte ich den Erzählungen der Mütter älterer Kinder sehr genau, um bei meinen bevorstehenden Vorsorgeuntersuchungen gewappnet zu sein. Daher wußte ich, was die einzelnen Übungen bedeuteten und wie ich zu reagieren hatte. Am Schluß rollte er eine Holzkugel, in deren Hohlraum eine Schelle bimmelte, vor mir hin und her; brav grabschte ich nach ihr. Dr. Schiemer verzog die Mundwinkel.

»Tja, also ich kann nichts entdecken, gute Frau. Sie haben das normalste Kind, das man sich vorstellen kann.« Er sagte dies so genervt und verächtlich, daß meine Mutter stumm errötete. »Vielleicht sollten Sie das nächste Mal erst Ihre Mutter fragen, wenn Ihnen etwas seltsam vorkommt.«

Bei allem Respekt vor den Strapazen des Arztberufes und trotz der Tatsache, daß meine Mutter eine Nervensäge war, das war zuviel! Ich holte aus und knallte ihm die Holzkugel an den Kopf, daß es nur so schepperte und klingelte. Unglücklicherweise traf ich ihn seitlich am Auge, so daß die Brille von der Nase rutschte und am Boden zersprang. So weit hatte ich wirklich nicht gehen wollen, andererseits hatte ihm das rosa Gestell sowieso nicht gestanden. Jetzt bekam der Doktor einen hochroten Kopf und knirschte mit den Zähnen.

»Interessant, sehr früh, muß ich sagen, sehr früh, wirklich interessant.«

Das war zunächst alles, was er unter größter Selbstbeherrschung hervorbrachte. Nachdem sein Puls unter zweihundert gesunken war, versicherte er meiner Mutter, daß trotz allem kein Grund zur Beunruhigung bestand, man sollte nur weiter beobachten. Zum Schluß erkundigte er sich noch so nebenbei, ob sie denn keinen Kinderarzt kenne, der näher an unserer Wohnung praktiziere, und verabschiedete uns, nach Verneinung der Frage, mit einem schmerzhaften Lächeln.

Dieses Erlebnis versetzte mich in ein absolutes Hochgefühl; ich war berauscht von dem Gefühl der Macht. Der Macht des Schwachen, dem man nichts tun darf, der alle Freiheiten genießt und der sich alles herausnehmen kann. Wieviel faszinierender und unbeschwerter als jene Macht, die der Starke über den Schwachen ausübt. Man hatte ein viel weniger schlechtes Gewissen, obwohl diese Art der Machtausübung sehr bösartig war. Weil derjenige, welcher unter ihr zu leiden hatte, nicht einmal das Recht besaß, denjenigen, der sie ausübte, zu hassen, sondern im Gegenteil noch dazu verpflichtet war, Verständnis für den Tyrannen aufzubringen. Ah, welch ein Genuß! Ich würde es allen zeigen, den Blasierten und Arroganten dieser Welt, den Lehrern, den Beamten und so weiter. Ich freute mich schon so richtig auf den nächsten Besuch beim Kinderarzt. Wie wohl seine Brille dann aussehen würde?

9

Das Treffen der Stillgruppe stand wieder einmal unter dem Motto ›Jammerstunde‹. Alle erzählten von den Unarten und Macken ihrer Brut. Mutter, die sonst Geschichten erfand oder schwieg, hatte endlich auch mal ein paar Sensationen beizusteuern. So fand mein Arztbesuch gebührende Beachtung und Mutter die langersehnte Aufnahme im Club der ›Nachwuchs-Geschädigten‹. Ich beobachtete derweil wie gewohnt die anderen Kinder und prägte mir deren Verhalten ein, um mich später ›artgerecht‹ verhalten zu können. Da war zum Beispiel Sven, circa zwei Monate älter als die übrigen und ein ziemlicher Rabauke. Durch seine körperliche Überlegenheit entwickelte er sich langsam aber sicher zum Platzhirsch auf der Krabbelecke und walzte alles nieder, was ihm in den Weg kam. Sonja, seine Mutter, fand das sehr lustig.

»Nein, nein, du Schlimmer, man darf kleine Babys nicht an den Haaren ziehen«, lachte sie ihren Sprößling an, der daraufhin voller Freude dem Baby auf den Kopf patschte.

»Was bist du doch für ein Schlingel, du mußt ein bißchen lieber sein zu den Mädels.«

Wenn man sein Kind dabei anstrahlt, zeigen solche Ermahnungen, deren Sinn sowieso noch nicht verstanden wird, natürlich wenig Wirkung. Sven war gerade wieder einmal dabei, Monika, einem schüchternen überfütterten Klops, ein Spielzeug aus der Hand zu winden. Monikas Geschrei kommentierte Sonja begeistert:

»Jetzt seht doch mal, wie raffiniert der Sven ist, wie toll der sich schon durchsetzen kann!«

Monikas Mutter rettete ihren Moppel vor Svens überdurchschnittlichen Fähigkeiten, indem sie sie auf den Arm nahm und tröstete. Sven starrte ihr mit enttäuschter Miene hinterher, sah sich dann im Raum um und entdeckte mich. Ich spürte, wie Mamas Hand ängstlich zuckte, aber sie wagte es nicht, mich hochzunehmen; das war in der Krabbelgruppe verpönt. Schließlich mußten sich die Kleinen ja auch irgendwann an die Unbill des Lebens gewöhnen, und wenn man alles Böse von ihnen fernhielt, dann wurden sie später vielleicht mal lebensunfähig — meinte Sonja!

Jedenfalls hatte das ›Böse‹ jetzt mich entdeckt und kam, mit strahlenden Augen, auf allen vieren angewalzt. Was der arme Sven und auch sonst keiner wußte, war, daß ich unter bestimmten Umständen noch viel böser sein konnte. Über diesen Balg hatte ich mich schon die ganze Zeit geärgert, und so fühlte ich mich legitimiert, meinen ganzen Frust an ihm abzulassen. Der ›Mini-Rambo‹ hatte mich fast erreicht, da zog ich ihm scheinbar aus Versehen ein Feuerwehrauto über die Nase. Er glotzte mich einen Augenblick ungläubig an, dann brüllte er los, als hätte ich ihm ein Ohr abgebissen. Dazu blinkte das Rotlicht, und die Sirene jaulte ihr Tatü-Tata. Es war ordentlich was los in der Bude. Sonjas Gesichtsfarbe wechselte von Leichenblaß zu Puterrot, und eiligst riß sie ihr Svenilein an die schützende Brust.

»O du armes, armes Mäuschen. Komm her zu Mutti, du Armer, komm her. Die böse Ramona kann dich nicht leiden, komm lieber zu Mutti...«, wobei sie empörte Blicke zu meiner Mutter warf. Die schaute sich hilfesuchend nach den anderen Frauen um, und die geheime Befriedigung, welche aus deren Augen blitzte, ließ sie sich wieder beruhigen. Zu meiner Schande muß ich gestehen, daß ich abermals von dem Gefühl der Macht berauscht wurde. Ich mußte aufpassen, daß mein Gefühlsleben nicht regredierte, obwohl so ein bißchen Regression ja nicht schaden konnte. Vor allem, wenn es einem einen solchen Spaß machte, oder? Trotzdem war Vorsicht angesagt, denn ich hatte mich hinreißen lassen, meine Macht gegen einen ungleich Schwächeren auszuüben. Sven war, wie er war, er konnte nichts dafür. Ich bekam ein schlechtes Gewissen und beschloß, nur noch in Notwehr zuzuschlagen, und dann auch nur noch mit dem Teddybären.

Nachdem endlich jemand die Batterien aus dem Feuerwehrauto genommen hatte und Kaffee und Kuchen gereicht wurden, beruhigte sich die Lage wieder. Auch die allgemeine Stimmung schlug von Jammern zu Euphorie um. Wobei diesmal nicht die eigenen Erziehungsmethoden angepriesen wurden, sondern lautstark das Können und die Fähigkeiten des eigenen Sprößlings.

»Florian ist ja schon so weit! Sagt auch mein Kinderarzt, daß er sehr früh dran wäre. Gestern hat er sich zum ersten Mal an der Stuhllehne hochgezogen!«

»Oh, tatsächlich, ist ja toll«, raunte der Chor.

»Marlis krabbelt erst, aber für ihre sechs Monate ist das schon ganz gut.«

So ging das die ganze Zeit. Der eine konnte schon Fläschchen halten, die andere Schubladen aufziehen und so weiter. Jede dieser Geschichten war so spannend wie kalter Haferschleim. Ich lehnte mich an Mutters Bein und versuchte ein Nickerchen zu halten, was bei Sonjas Stimme äußerst schwierig war.

»Stellt euch vor«, verkündete sie siegessicher, »Svenilein hat heute morgen drei Bauklötze übereinander gestellt, bevor der Turm umfiel.«

»Er ist ja auch schon älter«, wagte meine Mutter defätistisch einzuwenden. Das hätte sie besser nicht getan. Sofort holte Sonja zum Gegenschlag aus:

»Stimmt, aber als er so alt war wie Ramona, hat er sich schon wesentlich mehr bewegt! Sie sitzt ja immer recht apathisch herum. Aber das braucht dich nicht zu beunruhigen, viele Spätentwickler holen das später wieder auf.« Sie lächelte mich süffisant an. »Die meisten jedenfalls.«

Schade, daß wir heute nicht in Sonjas Wohnung tagten, sonst wäre jetzt eine Bodenvase fällig gewesen. So beschränkte ich mich auf den kalten Krieg. Ich löste mich von Mutters Hand, die unter Sonjas Gift schweißnaß geworden war, und krabbelte zu dem Haufen mit den Bauklötzen. Dort saß Svenilein, der wohl gerade ein kreatives Tief hatte und stupide glotzend an einer roten Walze lutschte. Ich verkniff es mir, ihm das Holzklötzchen aus dem Mund zu nehmen und es ihm auf den Kopf zu hauen, sondern beschränkte mich darauf, ihm tief in die

Augen zu schauen. Sofort robbte er wimmernd in Richtung Mama und überließ mir das Terrain. Ich suchte mir in aller Ruhe die Hölzchen zusammen und baute eine Kopie von Notre-Dame, natürlich, dem Baumaterial entsprechend, stark vereinfacht. Nach und nach wurde es immer stiller im Raum, und ich konnte die Blicke in meinem Rücken regelrecht spüren. Zum Schluß nahm ich einen Baustein, warf ihn gezielt auf meine Konstruktion, die rumpelnd in sich zusammenfiel, und lächelte Sonja so süß an, wie ich konnte. Sie starrte noch entgeisterter als alle anderen und wollte etwas sagen, brachte aber außer Schlucken nichts hervor.

»Ich weiß nicht, ob das so gut ist«, ließ sich Babette vernehmen, »in dem Alter sollte man ein Kind nicht so dressieren.«

Sonja erholte sich schlagartig. »Ich finde auch, daß man ein Baby mit so etwas total überfordert, da wird doch die eigene Entfaltung völlig behindert und gestört!«

Der ganze Kreis gab ihr recht und mißbilligte den ›Dressurakt‹, als welcher meine Baukunst angesehen wurde. Mist, dachte ich mir, das hast du ja wieder mal schön verbockt. Ich wagte meine arme Mutter nicht anzusehen. Gott sei Dank zerdepperte Svenilein (ich liebe ihn) gerade in diesem Augenblick eine Vase der Gastgeberin, welche entsetzt aufschrie. Der darauf folgende Tumult führte zur vorzeitigen Auflösung des Treffens und ließ meinen Fauxpas erst mal in Vergessenheit geraten. Auch Mutter nutzte die Gelegenheit, mich zu schnappen und sich zitternd davonzustehlen.

In der Straßenbahn sah sie mich lange und intensiv an, und ich mußte meine ganze Konzentration aufbieten, um so unschuldig wie möglich aus dem Fenster zu schauen. Die Stadt schob sich gemächlich an uns vorüber. In dem schwächer werdenden Licht blinkten schon einige Weihnachtsdekorationen auf. Es waren erst wenige Schaufenster auf den großen Konsumrummel hin getrimmt, daher nahm ich an, daß es auf Mitte oder Ende November zuging. Also war ich nun etwa zehn Monate alt. Fünf Monate über die Zeit, die mir mein Arzt in meinem alten Leben noch gegeben hatte. Freude befiel mich, gemischt mit Wehmut und Sehnsucht. Ich weiß nicht, warum, aber plötzlich fragte ich mich, was ich wohl zu Weihnachten geschenkt bekäme. Ich fand den Gedanken so absurd und komisch, daß ich laut loskicherte.

Der Mann gegenüber blickte kurz über seine Zeitung und lächelte. FAZ-Leser, stellte ich fest. Was den wohl in die Straßenbahn trieb? Wahrscheinlich die Tatsache, daß es in der Stadt absolut keine Parkplätze mehr gab. Endlich kam ich wieder mal in den Genuß von anspruchsvoller Lektüre. Allerdings hätte ich mich, um die Bildzeitung zu lesen, nicht so weit nach vorne beugen müssen, so daß ich fast von Mutters Knie rutschte und sie mich ständig zurückzog. Das war recht mühsam, und ich wollte es schon aufgeben, als mein Blick auf einen psychologischen Fachartikel fiel. Mein Herz machte vor Freude einen Satz, und ich mußte mich beherrschen, um mich nicht noch weiter nach vorne zu beugen, denn Mutter hätte mich unweigerlich wieder nach hinten gezerrt. Ich erkannte schnell, daß der Artikel ein Thema behandelte, das zu meinem Spezialgebiet gehörte, und wurde immer aufgeregter. Ich hatte vor meinem letzten Experiment an einer Versuchsreihe gearbeitet, welche die psychosomatischen Folgen von Streß und Verdrängung hinsichtlich der Resorption von Nährstoffen untersuchte. Das Ganze war recht erfolgreich gewesen, und ich glaubte, gewisse Gesetzmäßigkeiten des Phänomens gefunden zu haben. So meinte ich, erklären zu können, wie jemand Unmengen essen konnte, ohne auch nur ein Gramm zuzunehmen, obwohl sonst alle Organe in Ordnung waren. Die Versuche, die in dem Artikel beschrieben wurden, erinnerten mich verdächtig an meine eigene Arbeit. Doch die Resultate und Schlußfolgerungen standen zu meinem blanken Erstaunen im völligen Gegensatz zu meinen Ergebnissen. Irritiert suchte ich das Ende der Spalte, um den Verfasser zu erfahren. Als ich den Namen las, traf mich fast der Schlag: ›Dr. Tabi‹. Und dahinter in Klammern: ›In memoriam Prof. Dr. Elbe‹. Für einen Moment lang vergaß ich, wo und wer ich war, stieß einen gutturalen Laut aus und wollte aufspringen. Meine Mutter konnte gerade noch meinen Absturz verhindern, und der Mann gegenüber senkte wiederum die Zeitung, lächelte mich an und las weiter.

Was hatte das zu bedeuten? Ich verstand die Welt nicht mehr. Ungefähr ein halbes Jahr vor jenem fatalen Experiment hatte ich das Projekt der ›Psychosomatischen Resorptionsstörungen‹ abgeschlossen und mich an meine Kollegen Dr. Tabi gewandt, da ich wußte, daß er an einer ähnlichen Sache arbeitete. Doch ging er davon aus, daß Magerkeit in Verbindung mit Freßsucht auf einen organischen Defekt zurückzuführen sei, der durch operatives Veröden bestimmter Gehirnteile zu beheben wäre. Trotzdem — oder vielleicht gerade deshalb — hatte mich seine Meinung zu meinem Bericht interessiert. Dr. Tabi willigte auch sofort ein, meine Arbeit zu lesen, um sie dann noch mal mit mir zu diskutieren, bevor ich sie veröffentlichen würde. War mein Kollege anfangs begeistert von diesem Anliegen, so zögerte er die Rückgabe des Manuskripts immer wieder hinaus, angeblich, weil er keine Zeit hatte, es genauer zu studieren. Aber er versprach jedesmal, wenn ich ihn darauf ansprach, es bald zu lesen. Bei einem unserer zufälligen Treffen in der Mensa für Dozenten erzählte ich ihm von meinem geheimen Wunschtraum, den Urschrei der Geburt noch einmal zu erleben. Dr. Tabi fand die Idee grandios und war überzeugt, daß die Verwirklichung gar nicht so schwierig sei. Tatsächlich bastelte er mir eine überzeugende Versuchsanordnung und überredete mich schließlich zu jenem verfluchten Experiment, als dessen Ergebnis ich hier nun saß — in nassen, stinkenden Windelhöschen. Die starken Medikamente mußten damals meinen Geist doch schon sehr getrübt haben, denn im nachhinein fragte ich mich, wieso der gute Doktor Zeit hatte, eine Versuchsanordnung zu konstruieren, aber nicht dazu kam, mein Manuskript zu lesen.

Nun hatte er es offensichtlich gelesen und das Ergebnis meiner Arbeit, völlig verfälscht, postum veröffentlicht. Unter meinem Namen! Warum hatte er das bloß getan? Dunkel erinnerte ich mich daran, daß Dr. Tabi zur Finanzierung seiner chirurgischen Testreihe gewisse Förderungsmittel beantragt hatte. Die Chancen zur Bewilligung dieser Mittel wären natürlich stark gesunken, wenn das Resultat meiner Forschung unverfälscht bekannt geworden wäre. Hatte er deshalb die Rückgabe meiner Arbeit so lange hinausgezögert, bis über seine Unterstützung entschieden worden wäre? Eine böse Ahnung befiel mich. Sollte Dr. Tabi an unserem gemeinsamen Experiment herummanipuliert haben? Schließlich hatte er sich nicht darauf verlassen können, daß ich rechtzeitig sterben würde, ohne meine Arbeit zu veröffentlichen, beziehungsweise bevor die von ihm benötigten Gelder bewilligt worden waren. Es lag also nahe, das Ableben meiner Person (die ohnehin bald sterben würde) zu beschleunigen und damit den Risikofaktor zu beseitigen. So mußte es gewesen sein! Hatte mein Kollege nicht noch kurz vor der Geburt an den Apparaten herumgebastelt? Richtig, er habe alles nochmals überprüft, hatte er mir damals erklärt. Die eiskalte Vorgehensweise entsetzte mich. Nicht, weil er mich umgebracht hatte, sondern weil er meine wissenschaftliche Arbeit entstellt, entwürdigt und geschändet hatte. Es brach mir fast das Herz.

Für den Mord an mir mußte ich ihm eher dankbar sein, denn so hatte er es mir erspart, langsam und qualvoll zu krepieren. Aber Moment mal, ich lebte ja noch! Vor lauter Entrüstung wäre mir das fast entgangen. Und ich war sicher, daß diese Tatsache Dr. Tabi nicht sonderlich gelegen kam. Ich war sogar überzeugt, daß, wenn er von der Übertragung meines Bewußtseins auf das Gehirn des Babys etwas geahnt hätte, er dafür Sorge getragen hätte, daß das Kind ebenfalls gestorben wäre. Ich war erleichtert. Endlich brauchte ich keine Gewissensbisse mehr zu haben, denn nicht ich war ein Mörder, sondern ein anderer. Ich hatte sogar durch mein Schweigen ein Leben gerettet, wenn es auch zugegeben in erster Linie mein eigenes war. Ich fragte mich, ob der Neurochirurg seine Förderungsmittel wohl bekommen hatte. Aber das würde ich so schnell nicht erfahren, denn Dr. Tabi würde ich wohl niemals wieder sehen, dachte ich. Doch leider irrte ich mich gründlich.

10

Mutters Blick war nämlich ebenfalls auf den Artikel gefallen. Sie hatte ihn zwar nicht gelesen, war aber über die Namen ›Dr. Tabi‹ und ›Prof. Elbe‹ gestolpert und hatte sich daran erinnert, daß seinerzeit ein Dr. Tabi sie um die Erlaubnis gebeten hatte, die Geburt ihres Kindes mit einem neuartigen Gerät zu überwachen. Sie hatte die Genehmigung erteilt, nachdem der Arzt sie überzeugt hatte, daß die Sache völlig ungefährlich sei. Nach der Geburt war Dr. Tabi in ihr Zimmer gekommen, um ihr zu gratulieren und ihr für ihre Unterstützung zu danken. Dann hatte er sie noch gebeten, vorerst nichts über dieses Experiment zu erzählen, bis er die Versuchsreihe abgeschlossen habe. Sie wisse ja, wie das sei, wenn etwas an die Öffentlichkeit käme, bevor genaue Erkenntnisse vorlägen. Sie hatte verständnisvoll genickt und Dr. Tabi für die gelungene Entbindung gedankt. Seitdem war sie so mit ihrem Kind beschäftigt gewesen, daß sie nicht mehr an den Arzt gedacht hatte. Jetzt aber beschloß sie, ihn anzurufen und ihm über das oft seltsame Verhalten von Ramona zu berichten. Vielleicht hatte er ja bei seinen Beobachtungen etwas festgestellt und vergessen, es ihr mitzuteilen.

Dr. Tabi fühlte sich entgegen ihren Befürchtungen gar nicht belästigt und bot im Gegenteil sogar an, einmal vorbeizukommen und sich das Kind anzuschauen.

Von diesem Telefonat hatte ich nichts mitbekommen, und so traf mich fast der Schlag, als eines Tages die Tür aufging und Mutter mit meinem Exkollegen das Zimmer betrat. Dr. Tabi hatte, von ihrem Anruf aufgeschreckt, nicht lange mit seinem Besuch auf sich warten lassen. Wäre ich darauf vorbereitet gewesen, hätte ich die Situation vielleicht meistern können, so aber starrte ich nur mit offenem Mund auf Dr. Tabi und fragte mich entsetzt, wie er hierher kam. Ich war so perplex, daß ich ganz vergaß, mich zu verstellen und mich wie ein normales Kleinkind zu verhalten. Als ich mich daran erinnerte, war es schon zu spät. An dem finsteren Blick des Arztes erkannte ich, daß ihm meine Reaktion nicht entgangen war und ihm einiges dämmerte.

Ich tapste auf meinem Teddybären herum und versuchte unbekümmert zu quieken, aber es kam nur ein Röcheln aus meiner Kehle. Mir war klar, daß meine Mühen umsonst waren. Wortlos stand er da und durchbohrte mich mit seinem Blick, während Mutter nochmals alle Dinge aufzählte, die ihr an ihrer Tochter aufgefallen waren. Dr. Tabi blieb stumm und nickte nur hin und wieder. Der Schlag hatte ihn genauso getroffen wie mich. Das Telefon klingelte, Mutter entschuldigte sich kurz und verließ den Raum. Wir saßen uns gegenüber und sahen uns in die Augen. Ich versuchte erst gar nicht den Säugling zu mimen; er kaute auf seiner Unterlippe. Man konnte richtig sehen, wie sein Gehirn auf Hochtouren arbeitete. Mir brach der Schweiß aus. Dr. Tabi löste sich aus der Erstarrung, schritt auf mich zu und streckte mir seine Hände entgegen, die mir wie übergroße Pranken vorkamen. Ich nahm meine ganze Kraft zusammen, um die Panik, die mich lähmte, zu überwinden, und weinte, so laut ich konnte. Der Arzt hielt irritiert inne, Mutter kam ins Zimmer und nahm mich auf den Arm, um mich zu trösten. Instinktiv schlang ich meine Arme um sie und schluchzte bitterlich.

»Mein armes, armes Mäuschen, hast du dich erschreckt, hmm? Ja, den Onkel kennst du nicht, da muß man ja Angst haben. Schau, der Onkel ist ganz, ganz lieb.«

Sie drehte mich zu ihm hin, und er quälte sich ein Lächeln ins Gesicht, gegen das ein grob geschnitzter Christus am Kreuz richtig freundlich aussah.

»In der Tat«, sagte Dr. Tabi, »ein doch sehr eigenartiges Verhalten. Ich glaube, Sie taten gut daran, mich anzurufen.«

»Ich dachte, es könne nichts schaden, als ich den Artikel sah«, lächelte Mama.

»Welchen Artikel?«

»Den Artikel in der Zeitung, von Ihnen und dem anderen Professor, wie hieß er doch gleich?«

»Professor Elbe?«

»Ja, genau. Ich fuhr letztens mit der U-Bahn, und gegenüber saß ein Mann mit einer Zeitung. Ramona hockte auf meinem Schoß und beugte sich dauernd nach vorne, als wolle sie auch Zeitung lesen. Ich fand das sehr lustig und wollte mal sehen, wo die Kleine dauernd hinstarrte. Da las ich zufällig Ihren Namen und ... Sie sind ja ganz blaß! Ist Ihnen nicht gut?«

»Wie? Nein, es geht schon wieder, habe gelegentlich Probleme mit dem Kreislauf.«

Verdammter Mist, dachte ich mir. Daß ich überhaupt existierte, hatte meinen Kollegen schon erschüttert, aber nun konnte er darüber spekulieren, welche Schlüsse ich aus dem Artikel gezogen hatte, und meine Reaktionen auf ihn ließen nur einen Schluß zu: Ich wußte Bescheid oder ahnte zumindest etwas. So oder so — meine Existenz stellte für ihn jedenfalls ein Risiko dar.

»Wissen Sie«, wandte er sich an meine Mutter, »es wäre sicher gut, wenn ich Ihren Sohn...«

»Tochter!«

»Wie? Ach so, wenn ich Ihre Tochter ein paar Tage lang genauer beobachten könnte. Zum Beispiel bei uns in der Kinderklinik, in der auch für eine sehr gute Betreuung gesorgt wäre.«

»Tja, ich weiß nicht...«

»Selbstverständlich kostenlos. Das würde ich übernehmen, sozusagen als Nachuntersuchung.«

»Das müßte ich erst mal mit meinem Mann besprechen, Sie verstehen.«

»Natürlich! Sie sollten sich aber möglichst bald dafür entscheiden, denn je früher man so etwas behandelt, desto größer sind die Heilungschancen.«

»Wenn man ›was‹ behandelt?« fragte Mutter erschrocken.

»Ich meine, falls man etwas finden sollte«, beruhigte sie der Arzt. »Übrigens, hat Ihre Tochter schon mal etwas gesagt?«

»Mit zehn Monaten?«

»Ach so, ja, richtig! Hatte ich ganz vergessen.« Man merkte ihm an, daß er sich nur ungern verabschiedete. »Na, dann auf Wiedersehen, Frau Krüger«, er gab ihr die Hand, »und passen Sie gut auf Ramona auf.« Dr.

Tabi warf noch einen langen Blick auf mich und ließ sich von Mutter zur Tür bringen.

Es dauerte lange, bis ich mein Entsetzen überwunden hatte und wieder halbwegs klar denken konnte. Ich versuchte meine Situation zu analysieren. Eines war klar: Ich durfte vor allem nicht Dr. Tabi in die Hände fallen, sonst war ich verloren! Umbringen würde er mich zwar nicht, das wäre in der Klinik zu auffällig. Aber dies wäre auch gar nicht nötig, denn ein Neurochirurg hatte ganz andere Möglichkeiten. Eine kleine Sonde an der richtigen Stelle postiert, und ich würde den Rest meines Lebens als lallender Schwachkopf verbringen. Meinen Eltern würde er mitteilen, daß ihr Kind bedauerlicherweise geistig behindert sei, aber mit viel Liebe und den richtigen therapeutischen Maßnahmen sei es durchaus lebensfähig.

Was sollte ich machen? Mutter in die Backe zwicken und sagen: »Hallo, Frau Krüger, ich muß Ihnen leider gestehen, daß ich nicht Ihre kleine Ramona bin. Ich heiße Thomas, und Sie könnten übrigens meine Tochter sein. Bitte übergeben Sie mich nicht Dr. Tabi, der würde mir nämlich die Windel um den Hals wickeln!«

Ich war mir nicht sicher, ob sie den

Schock überleben würde. Seit der Episode mit dem vollgekotzten Kinderwagen wußte ich ja, wie schwach ihre Nerven waren. Und selbst wenn sie es überstehen würde, wäre sie dann nicht voller Ekel und Abscheu gegenüber diesem Monster, auch wenn sie es selbst zur Welt gebracht hatte? Würde sie es nicht erst recht weggeben, um den Schmerz zu vergessen? Wie groß war die Liebe einer Mutter zu ihrem Kind? Was machte sie überhaupt aus? Die Form, der nackte Körper allein sicher nicht. Es war der seelische Bezug, das, was man in ein Kind hineininterpretierte. Vor allem die Hilflosigkeit, die totale Abhängigkeit von den Eltern und die Liebe, welche einem das eigene Kind entgegenbrachte. Eine Liebe, die im wahrsten Sinne des Wortes bedingungslos war. All dies wäre nicht mehr gegeben, wenn ich mich zu erkennen gab. Mich plagte das schlechte Gewissen. Ich hatte Mutter eine Menge zugemutet, und eigentlich hatte sie nie so recht bekommen, was andere Frauen erhielten. Zum Glück fiel mir ein, daß ich ihr auch eine Menge erspart hatte, was andere Mütter durchmachen mußten. Zum Beispiel schlaflose Nächte und ewiges Gebrüll. Ich war extrem pflegeleicht. Mit diesen Überlegungen konnte ich die aufsteigende Melancholie gerade noch auffangen.

Aber ich sah immer noch keinen Ausweg aus meinem Dilemma, denn wenn ich mich meiner Mutter offenbarte, würde sie wahrscheinlich einen Herzanfall kriegen, und dann wäre ich Halbwaise.

Als Vater nach Hause kam, erkundigte er sich mißtrauisch, wie der Besuch am Nachmittag verlaufen sei. Herrenbesuche in der Wohnung während seiner Abwesenheit waren ihm mehr als suspekt, Ärzte sowieso und dieser Dr. Tabi im besonderen. Mutter fand den Arzt inzwischen auch etwas merkwürdig, obwohl sie anfangs erfreut gewesen war, daß endlich jemand ihre Sorgen ernst nahm. Deshalb machte sie auch keinerlei Versuche, ihren Mann umzustimmen, als er es kategorisch ablehnte, seine Tochter zur Beobachtung wegzugeben. Dafür hätte ich ihn küssen mögen. Ein Keim von Vaterliebe begann in mir zu wachsen.

»Ich war schon damals dagegen, daß die ihre Experimente mit unserem armen Kind machten, das noch nicht einmal richtig da war«, schimpfte er, »und die haben ja auch nie mehr etwas von sich hören lassen, dieser Blödmann und der andere verkalkte Schwachkopf, Professor Elbe oder wie der hieß.«

Des Keimes Wachstum wurde jäh abgebrochen.

»Aber wir konnten das Geld doch damals gut gebrauchen«, rechtfertigte sich seine Frau.

»Ja, stimmt schon«, gab er mürrisch zu, »trotzdem war ich dagegen. Ist ja auch egal. Jedenfalls kannst du dem Doktor sagen, daß wir auf sein Angebot verzichten. — Oder noch besser, ich sag's ihm selbst.«

Meine akuten Sorgen war ich erst mal los, aber es war klar, daß ich nur Zeit gewonnen hatte. Dr. Tabi würde bestimmt nach anderen Wegen suchen, um an mich heranzukommen. Und es wäre fahrlässig gewesen zu warten, bis er einen fand. Ich mußte ihm zuvorkommen und etwas unternehmen. Aber was? Ich war völlig unmobil und konnte mit keinerlei Unterstützung rechnen. Die Lage war ernst und hoffnungslos.

Doch das Schicksal sandte mir Hilfe, und zwar in der Gestalt eines Babysitters, den Mutter engagiert hatte, um gelegentlich nachmittags etwas unternehmen zu können. Mein rettender Engel hieß Babsi, war etwa fünfzehn Jahre alt und wohl nicht die allerschlaueste. Sie befand sich gerade in der Hochphase der Pubertät, hatte Pickel, jede

Menge Komplexe und Flausen im Kopf, war introvertiert, verträumt und reichlich naiv. Genau das, was ich brauchte. Nun hieß es behutsam vorgehen und nichts voreilig verderben, denn solche Chancen boten sich im Leben nicht zweimal. So ging ich erst mal auf ihre Spielversuche ein, aber nur sehr zögerlich und träge. Wie erwartet verlor sie bald die Lust daran, und da ich ja sonst keinerlei Probleme bereitete, las sie lieber ›Bravo‹ und war froh, einen so leichten Job ergattert zu haben. Schon bei der dritten Betreuung begann sie, auf dem Boden sitzend ihre Hausaufgaben zu machen, sobald Mutter die Wohnung verlassen hatte. Ich beobachtete sie eine Weile und beschloß, erst mal einen Test zu machen. Als Babsi auf die Toilette ging, krabbelte ich zu ihrem Schulheft und schrieb mit Bleistift unter die letzte Zeile: ›Glaubst du an Wunder?‹

Es war ein ziemliches Gekrakel, weil mir die Übung fehlte, aber trotzdem waren die Worte gut zu lesen. Ich kroch zurück und beschäftigte mich mit einem Gummihuhn, während ich aus den Augenwinkeln ihre Reaktion beobachtete. Mein Babysitter kam vom Klosett zurück und setzte sich wieder auf den Boden. Erstarrt blickte sie bestimmt drei Minuten lang mit leicht geöffnetem Mund auf ihr Schulheft. Ich hatte selten in meinen zwei Leben einen dümmeren Gesichtsausdruck gesehen als ihren. Dann begann sie blöde zu kichern und sich umzusehen, als ob sie nach dem versteckten Hausherrn Ausschau halten wollte. Hatte sie am Ende was mit dem alten Herrn? Nein, wohl kaum, das konnte ich mir nicht vorstellen. Da sie niemanden entdeckte, stierte sie wieder minutenlang vor sich auf das Blatt und bohrte mit einem Bleistift, den aufgesteckten Radiergummi voran, in der Nase. Sie mußte wohl recht tief gebohrt haben, denn plötzlich hatte sie die geniale Eingebung, den rätselhaften Satz einfach wegzuradieren. Allerdings reichte die Genialität nicht aus, den Radiergummi vorher zu reinigen. So verschmierte sie erst mal ihren Popel auf dem Papier, das davon keineswegs ansehnlicher wurde. Schließlich schaffte sie es doch noch, ihr Heft wieder sauber zu kriegen, wobei das Blatt gefährlich dünn wurde. Sie beschloß, das Ganze zu vergessen, und schrieb einfach weiter. Ich wußte nicht recht, was ich von dem Resultat meines Tests halten sollte, fand dann aber, daß es ein gutes Zeichen war. Also ging ich zum Frontalangriff über und krabbelte auf sie zu, bis ich sie fast erreicht hatte.

»Hallo, Babsi«, sagte ich und erschrak, da ich zum ersten Mal mein quäkendes Fistelstimmchen vernahm. Babsi dagegen zuckte nicht einmal mit der Wimper und fragte bloß: »Na, meine Kleine, willst du ein Glas Milch?«

Für einen Moment lang war ich völlig verblüfft, bis ich begriff, daß die holde Maid anscheinend keinerlei Ahnung hatte, ab welchem Alter Kinder sprechen können. Für sie war es völlig normal, daß ein zehn Monate altes Baby mit ihr redete. Das brachte mich aus dem Konzept. So konnte ich nur ein »Nein, danke« quieken, und sie wandte sich wieder ihren Hausaufgaben zu. Nachdem ich mich gefangen hatte, ritt ich jedoch sofort die nächste Attacke: »Was schreibst du denn da?« wollte ich wissen. Sie lächelte mich wieder an.

»Ich mache eine Nacherzählung für Geschichte, das ist so etwas wie ein Märchen über Könige, verstehst du.«

»Klar, Babsi! Drei, drei, drei, bei Issos Keilerei und so, stimmt's?!« piepste ich. Babsi bekam wieder ihren saublöden Gesichtsausdruck.

»Wenn ich dir helfen soll, dann mußt du es nur sagen. Ist alles kein Problem. In Geschichte war ich früher die Nummer eins.« Mein Babysitter wurde langsam blaß.

»Was ist denn los, mein Engel? Du bist doch ein cooles Girl und wirst nicht gleich aus den Latschen kippen. Tut mir leid, daß ich dich vorhin mit meinem Geschreibe erschreckt habe, sollte nur ein kleiner Scherz sein. — Hmm, sag mal, hast du keine Fragen?« Babsi schüttelte ganz langsam den Kopf, zu mehr war sie nicht in der Lage.

»Keine Angst Mädchen, du bist völlig in Ordnung! Nicht, daß du denkst, du spinnst oder so. Was du hier siehst und hörst, ist alles Wirklichkeit, okay? — Hör mal, ich glaub', es ist besser, ich sag dir erst mal, wer ich bin, in Ordnung?«

Sie nickte stumm.

»Aber was ich dir jetzt erzähle ist topsecret, du mußt mir vorher versprechen, daß es unter uns bleibt und daß du es keinem weitererzählst. Das muß unbedingt unser beider Geheimnis bleiben, verstehst du?«

Sie nickte wiederum.

»Du mußt schwören, bei allem was dir heilig ist. Sag, daß du schwörst.«

»Ich . . . ich schwöre!« Sie hob die Finger, obwohl ich das gar nicht verlangt hatte. Ich holte noch einmal tief Luft, denn jetzt kam die Entscheidung. Alles oder nichts, entweder schluckte sie es oder . . . !

»Also«, beugte ich mich nach vorne und flüsterte, »ich bin ein verzauberter Popstar!«

Sie riß die Augen auf, und ich glaubte einen Anflug von Ungläubigkeit zu erkennen. Schnell fügte ich hinzu: »Sagt dir der Name Maxwell Queens etwas?« Ich wußte natürlich, daß sie ihn kannte, denn ich hatte beobachtet, mit welcher Spannung sie den Artikel über ihn in der ›Bravo‹, gelesen hatte.

»Den sie tot in seinem Swimmingpool gefunden haben?« fragte sie.

»Genau den meine ich. Aber er ist nicht an einer Überdosis gestorben, wie die Leute schreiben, er wurde verhext! Schwarze Magie, Voodoo-Kult, wenn dir das etwas sagt. Ich bin Maxwell Queens. Ein Cousin zweiten Grades konnte meinen Erfolg nicht ertragen und versuchte mich auszuschalten, aber wie du siehst, hat er das nur zum Teil erreicht. Ich lebe noch, wenn auch als Baby.«

Dieser Maxwell Queens hatte eine Zeitlang zu meinen Patienten gehört, so daß ich natürlich eine ganze Menge von ihm wußte. Jedenfalls viel mehr, als in der ›Bravo‹ stand. Von daher würde es mir nicht schwerfallen, die Rolle dieses Typen glaubhaft zu spielen. Ich beugte mich noch weiter nach vorne.

»Wenn du mir hilfst, mach ich dich zu meiner Braut, Ehrenwort!«

Zwei, drei Sekunden starrte sie mich an, dann riß sie mich an sich und begann mich wild abzuküssen. Ich bekam fast keine Luft mehr, und nur mit Mühe gelang es mir, ein

»Halt! Halt!« herauszubringen. Gott sei Dank hielt sie inne.

»Du bist sehr lieb«, keuchte ich atemlos, »aber durch einen Kuß kann ich nicht erlöst werden. Das war früher einmal, zu Zeiten des Froschkönigs. Die heutigen Verzauberungen sind viel heimtückischer und hartnäckiger. Ich kann nur wieder in meine ursprüngliche Gestalt zurückkehren, wenn mir eine Jungfrau... äh, du bist doch noch Jungfrau, oder?« Zum Glück nickte sie. »Gut, also wenn mir eine Jungfrau zwei Jahre die Treue hält und mich nicht verrät.«

Ich war froh, daß mir das spontan eingefallen war, so hatte ich erst mal eine Menge Zeit gewonnen, und später konnte ich mir immer noch was anderes überlegen. Hauptsache, sie nahm mir diese Story ab, was Gott sei Dank ja der Fall war. Aber wenn ich ein zehn Monate altes Baby vor mir hätte, das mich keß anmacht, würde ich bestimmt auch so allerlei glauben. Ich verpflichtete sie nochmals zum Schweigen und bat sie, das nächste Mal meine Mutter um Erlaubnis zu fragen, ob sie mich mit dem Kinderwagen ausfahren dürfte. Ich würde ihr dafür bei den Hausaufgaben helfen. Als alles geregelt war, lieh ich mir noch einen Bleistift, um das Kreuzworträtsel in der alten Fernsehzeitschrift zu lösen, die ich neulich unter meiner

Matte versteckt hatte. Aber das Schreiben fiel mir doch noch sehr schwer, und deshalb bat ich Babsi, mir die Fragen vorzulesen und die Antworten einzutragen, wozu sie nur zu gerne bereit war, nachdem sie mit meiner Hilfe ihre Nacherzählung schnell hinter sich gebracht hatte. Als Mutter kam, freute sie sich, eine so gutgelaunte Tochter und so einen fröhlichen Babysitter vorzufinden, und dachte sich, daß sie eine gute Wahl mit Babsi getroffen hatte. Zufrieden legte ich mich auf meine Matratze und machte eine Menge Pläne, bis ich einschlief.

11

Eine laute Stimme riß mich aus meinen Träumen: »Monika, welcher holländische Maler starb sechzehnhundertneunundsechzig?«

Ich hob meinen Kopf und sah, wie Mutter mit einem Geschirrtuch und einer Tasse in den Händen durch die Tür schaute. Ich erschrak, denn Vater saß im Sessel und hatte auf den Knien das gelöste Kreuzworträtsel, das ich vergessen hatte, wieder zu verstecken.

»Keine Ahnung«, sagte Mutter, »Raffael?«

»Und wer war der Entdecker der Ammoniaksynthese?«

»Was weiß denn ich, der Herr Ammoniak vielleicht? Frag mich doch was Leichtes. Mit Städten und Flüssen kenne ich mich besser aus.«

»Das hab' ich mir gedacht!«

»Ist doch nichts Neues, Liebling, ich weiß doch, was für einen schlauen Mann ich habe. Und ich bin ja auch ganz stolz auf dich!« Sie umschlang ihn mit dem nassen Küchenhandtuch und versuchte ihn zu küssen. Er riß sich das Tuch vom Hals und wehrte den Kuß ärgerlich ab.

»Ist doch nicht so schlimm, ist doch nur Wasser«, versuchte seine Frau ihn zu beschwichtigen.

»Wen hattest du denn zu Besuch, muß ja ein schwer gebildeter Mensch gewesen sein«, insistierte Vater.

»Wie bitte?«

»Und nimmt sich die Freiheit heraus, mein Kreuzworträtsel zu lösen! Muß sich ja wie zu Hause gefühlt haben.«

»Geht das schon wieder los?!«

»Ja, es geht schon wieder los!«

»Hier war kein Mann. Jedenfalls nicht, solange ich da war, und ich glaube auch nicht, daß Babsi heimlich Herrenbesuch empfängt. Außerdem war ich den ganzen Nachmittag mit Gerda zusammen in der Stadt einkaufen. Kannst sie ja fragen, wenn es dir nicht zu peinlich ist.« Mutter war stocksauer.

»Deine alberne Gerda«, schnaubte Vater verächtlich, »dann verrat mir doch mal, wer das Rätsel gelöst hat. Du jedenfalls nicht, ist auch gar nicht deine Schrift.«

»Woher soll ich das wissen, wahrscheinlich Babsi!«

»Daß ich nicht lache, die weiß doch nicht einmal, was Ammoniak ist.«

Gleich mußten die Fetzen fliegen, und ich überlegte mir, ob ich es mal mit meiner Heulmethode probieren sollte, als das Telefon klingelte. Mutter ging hinaus und kam bald darauf wieder.

»Es war Babsi, sie hat ihre Schultasche neben dem Sofa liegengelassen und kommt gleich vorbei, um sie zu holen. Übrigens hab' ich sie gefragt, sie hat dein Kreuzworträtsel gelöst. Tu mir den Gefallen und sei deswegen nicht unhöflich zu ihr.«

Ich atmete tief durch, das gute Kind hatte zum Glück richtig reagiert, kaum zu glauben. Vater glaubte es auch nicht.

»Das hast du ihr wohl gerade noch schnell eingetrichtert, was? Von wem ist sie dir empfohlen worden, von Gerda?« Mutter schnappte sich die Schultasche und donnerte die Tür zu, daß es nur so krachte. Bevor Vater wütend aufstehen konnte, brüllte ich los, was die erhitzten Gemüter zwang, sich zusammenzureißen und mich zu trösten. Mutter trug mich durchs Zimmer, bis es an der Wohnungstür klingelte. Sie setzte mich wieder auf meiner Matte ab, um zu öffnen.

»Schick sie ruhig herein, ich habe die Tasche hier«, lächelte ihr Mann heimtückisch. Verdammt! Der Alte hatte die Gelegenheit benutzt, um sich die Schultasche zu holen. Warum, war klar. Jetzt wurde es verflucht gefährlich, und ich warf Babsi einen flehenden Blick zu, als sie das Zimmer betrat. Mir brach der kalte Schweiß aus. Das mußte einfach schiefgehen, so naiv, wie sie war.

»Hallo, Babsi, wir haben uns noch gar nicht gesehen! Freut mich, dich kennenzulernen, macht dir Ramona auch keinen Kummer?«

Babsi wurde rot und stammelte: »Nein, überhaupt nicht, und es tut mir leid, daß ich Ihr Rätsel gelöst habe. Ich dachte, Sie lösen keine, weil die Zeitschrift ja auch schon älter war.«

»Aber das macht doch nichts. Ich beschäftige mich auch nur selten mit so etwas. Du kannst gerne die Rätsel lösen, wenn ich es nicht schon gemacht habe. Vor allem, da du ja so gut darin bist. Den Maler zum Beispiel hätte ich nicht gewußt, wie hieß er doch gleich?«

»Der Maler?«

Vater nahm die Illustrierte.

»Na, den holländischen...«

»Ach, der Rembrandt.«

»Richtig.« Seine Stimme klang erstaunt. Ich war es auch. Prima, Mädchen, dachte ich. Eins zu null für uns. Doch Vater dachte wohl an das Telefonat, das seine Frau mit Babsi geführt hatte. Sie konnte zu Hause schnell nachgesehen haben. Er legte eine Falle aus.

»Vielleicht könntest du mir helfen, ich will gerade das Rätsel zu Ende lösen und komme nicht auf den Propheten des alten Testaments, mit ›Haba-‹ fängt er an.« Dieser gemeine Hund, ich hielt die Luft an.

»Aber ich habe doch schon alles gelöst«, entgegnete Babsi verwirrt.

»Der Prophet fehlt«, behauptete er hartnäckig.

»Der Habakuk? Seltsam, ich war mir sicher, daß ich ihn eingetragen hatte.«

Eine Steinlawine rollte mir vom Herzen. Gutes Kind! Sie hatte sich den Propheten zufällig gemerkt, weil der Name so lustig war, wie sie mir später erzählte. Nie mehr würde ich etwas Schlechtes von ihr denken. Vater war sehr blaß und nachdenklich geworden, nachdem er den Babysitter verabschiedet hatte. Vermutlich überlegte er krampfhaft, wie er den Schaden bei seiner Frau wiedergutmachen sollte.

»Erstaunlich«, begann er kleinlaut, als Mutter das Zimmer betrat, »sehr erstaunlich. Dabei sieht das Mädchen aus, als könne sie nicht bis drei zählen. Wie man sich täuschen kann.« Da mußte ich ihm uneingeschränkt recht geben.

Mir war spontan der Gedanke gekommen, Babsi zur Belohnung zum Essen einzuladen. Der alte Chauvi kam wieder einmal durch. Das war natürlich absurd, erstens hatte ich kein Geld, und zweitens lag ich zur üblichen Essenszeit immer im Bett. Aber die Idee, mir von meinem Babysitter etwas zu Essen besorgen zu lassen, fand ich dafür um so verlockender. Mittlerweile hatten sich nämlich meine Geschmacksnerven entwickelt, und es fiel mir immer schwerer, den faden Fraß, den ich jeden Tag vorgesetzt bekam, herunterzuwürgen. Vor allem, da er kaum variierte. Bisher hatte ich Mutter damit beglückt, daß ich jeden Brei mit stoischer Ruhe in mich hatte reinschaufeln lassen. Weder hatte ich meinen Kopf urplötzlich in den Teller gesenkt, wie andere Babys es taten, noch hatte ich den vollen Löffel mit der Hand weggeschlagen und so die Tapete neu gemustert. Von daher konnte sich meine Erzieherin wirklich nicht beklagen. Aber offensichtlich hatte sie wegen meiner Genügsamkeit ihre Überlegungen eingestellt, wie man das Essen etwas abwechslungsreicher gestalten könnte. So gab es drei Tage in der Woche gematschte Karotten mit Kartoffelpampe, zweimal Karotten mit Reis und zweimal Reis mit Spinat. Ich befürchtete, daß meine Eltern in irgendeinem Supermarkt durch ein Sonderangebot verlockt worden waren, sich einen Jahresvorrat dieser drei Geschmacksrichtungen anzulegen.

Einmal allerdings gab es ein Gläschen

mit roter Beete, die aber so sehr scheußlich schmeckte, daß ich mich gezwungen sah, in den Streik zu treten. Vermutlich hätte ich das besser nicht tun sollen, denn seitdem glaubten meine Ernährer, ich würde nur die drei anderen Sorten essen und sonst gar nichts. Aber wie sollte ich ihnen vermitteln, daß mir die Karotten schon zu den Ohren herauswuchsen und ich bei dem Anblick von schleimigem Spinat sadistische Phantasien bekam? Es war auch nicht gerade appetitfördernd, in der Stillgruppe den Beschreibungen der diversen Eßgewohnheiten der anderen Babys zu lauschen. Da stritten sich die Mütter untereinander darüber, wessen Kind am meisten verschlang. Zum Beispiel mußte ich mit anhören, was Veras Brummi (der seinem Namen alle Ehre machte) im Laufe des Tages normalerweise alle vertilgte, mit genauer Gramm- beziehungsweise Milliliterangabe. So trank er morgens nach dem Aufwachen circa 200 ml Babymilch, mampfte zwischendurch ein ganzes Brot, putzte mittags 375 Gramm Karottenpampe weg, trank nach dem Mittagsschlaf wieder 250 ml Babykost, um abends den Tag mit 300 Gramm Grießbrei und 150 ml Milch zu beschließen. Nicht zu vergessen den Apfel, die Birne und die Banane, welche er zwischendurch in den Mund geschoben bekam.

Gelegentlich gab es als Zugabe einen Keks, ein Stück Schokolade etc. ....

Wie üblich mußten auch die anderen Weiber die Grammangaben des Verzehrs ihrer Kinder genauestens aufzählen, und der interessierte Zuhörer konnte sich an den drei, vier Varianten ergötzen, wenn ihm nicht das sich endlos wiederholende Gerede den letzten Nerv geraubt und den Hunger vertrieben hatte. Wie gerne hätte ich wieder einmal der chinesischen Küche gefrönt oder an einem Hammeleintopf mit viel Knoblauch genascht. Wobei mir natürlich klar war, daß so ein Essen meinem ungeübten kleinen Magen überhaupt nicht bekommen wäre. Aber vielleicht konnte Babsi ein paar Gläschen mit Hühnchen oder Rindfleisch in Reis besorgen und Mutter sagen, die hätte sie von ihrem Onkel, dem Babynahrungs-Vertreter, geschenkt bekommen. Oder paßte Hühnchen in Grießbrei nicht zu Maxwell Queens und brachte am Ende gar ihren Glauben an meiner Geschichte ins Wanken? Es war besser, kein Risiko einzugehen, und ich fand mich damit ab, vorerst weiterhin Mutters Ideenlosigkeiten herunterzuschlingen.

Mir träumte, ich läge auf einer taubedeckten, wunderbar duftenden Wiese, als eine wunderschöne Fee die Lichtung betrat, zu mir kam, mich sanft küßte und sagte:

»Maxwell, hallo Maxwell.«

Ich erwachte. Die Fee entpuppte sich als mein Babysitter und die taubedeckte ›Duftwiese‹ als nasse Windel. Ich lag auf dem Wickeltisch, und Babsi putzte mir gerade den Po ab. Mein Gott, war mir das peinlich. Solange man mich für ein normales Baby hielt, hatte mir das nichts ausgemacht. Aber jetzt war ich schließlich ›Maxwell Queens‹ und mußte auf mein Renommee achten. Babsi schien meine Gedanken an meiner Stirn abzulesen.

»Tut mir leid, wenn ich dir den Hintern eincremen muß, aber das wird von deiner Mutter — äh, von der Frau Krüger erwartet, und sie soll doch nichts merken.«

Gutes Kind, sie hatte natürlich recht. Vor allem schien es ihre Bewunderung für Maxwell nicht zu beeinträchtigen, und das war das wichtigste.

»Ist schon in Ordnung«, sagte ich, »aber es wäre besser, wenn du Ramona zu mir sagst, falls jemand hereinkommt.«

»Keine Sorge, die Alte ist schon weggegangen. Sie hat übrigens nichts dagegen, daß wir zusammen ausgehen, ich meine, daß ich dich ausfahre.«

»Klasse, Baby, hast du prima gemacht.

Das mit dem Kreuzworträtsel war übrigens auch ganz super!« Sie bekam einen roten Kopf. »Aber es ist trotzdem besser, wenn du dir angewöhnst, Ramona zu mir zu sagen. Sonst verplapperst du dich irgendwann einmal, und das könnte gefährlich werden, klar?!«

»Okay! Was soll ich dir anziehen?«

Ich stutzte. Darüber hatte ich mir noch keine Gedanken gemacht, bisher hatte mich auch niemand danach gefragt. Im Grunde war es ja auch egal, solange die Kleidung bequem war. Aber von Maxwell Queens wurde wahrscheinlich erwartet, daß er nicht gerade in weißen Strumpfhöschen und rosa Kleidchen den Mann von Welt mimte. Also entschied ich mich für eine blaue Strumpfhose, Jeans mit Trägern, Ringelpulli und grünen Socken. Letztere ließ Babsi aber nicht durchgehen, weil sie angeblich nicht zum Pulli paßten. Diese Weiber sind doch alle gleich, dachte ich mir, selbst der Respekt vor einem Popstar hielt sie nicht davon ab, an seiner Kleidung rumzumäkeln.

Was machte es schon, daß meine Füße im Wintersack eh nicht zu sehen waren; ich gab schließlich nach. Sie trug mich nach unten, und ab ging die Fahrt im Kinderwagen. Herrlich, endlich war ich wieder mein eigener Herr. Ich nahm mir vor, mich möglichst wenig zu beschmutzen, damit Mutters Begeisterung für Babsi anhielt. Ich hatte für diesen Tag noch keine speziellen Pläne und ließ mich einfach herumfahren. Um mein Glück vollkommen zu machen, begannen vom Himmel die ersten Schneeflocken zu fallen. Sie wurden immer dichter und hüllten den Park mit einer weißen Decke ein. Wieder einmal fühlte ich mich wie neugeboren. Babsi fror bald, und ich schlug vor, in ein Café zu gehen. Dort trank sie einen Kakao und hielt mir eine Zeitung so geschickt, daß ich darin unauffällig lesen konnte. Das brachte ihr zwar ein paar seltsame Blicke ein (Zeitunglesen in ihrem Alter?), aber das war uns egal. Leider wurde ihr auf die Dauer langweilig; sie wollte unbedingt etwas über mein Leben beziehungsweise über das von Maxwell Queens wissen. Ich mußte sie ja bei Laune halten, und außerdem hatte ich allen Grund, ihr dankbar zu sein. So gingen wir nach Hause, und ich erzählte ihr ein paar Geschichten meines ehemaligen Patienten Queens, von denen ich glaubte, sie sei alt genug, um sie ihr zumuten zu können. Gelegentlich streute ich noch ein paar Storys ein, die sie schon aus der ›Bravo‹ kannte, und erfand ein paar hinzu, um ihr Herz zu erfreuen.

Dann machten wir noch schnell ihre

Hausaufgaben, und der Tag war gelaufen. Mutter kam zurück, sah zufriedene Gesichter und war erfreut, daß Babsi anbot, schon übermorgen wiederzukommen.

12

Am Morgen darauf zog mich Mutter sehr zeitig an, und direkt nach dem Frühstück fuhr sie mich zur U-Bahnstation. Zuerst dachte ich, wir würden wieder den Kinderarzt ärgern gehen, obwohl ich von keinem Termin etwas mitbekommen hatte. Zudem war ich nicht krank, und auffälliger als sonst war ich auch nicht gewesen. Als wir die Station, an der wir für den Arztbesuch immer ausstiegen, passierten, war ich richtig enttäuscht. Nun, man kann nicht alle Tage seinen Spaß haben, dachte ich, und war gespannt, wo wir statt dessen hinfuhren. Ich hoffte nur, daß wir nicht Gerda besuchen würden. Dies war zwar nicht der Fall, aber das Ziel unseres Ausfluges war nicht minder schrecklich. Als wir uns dem städtischen Hallenbad näherten, ahnte ich schon nichts Gutes, und bald sollten meine schlimmsten Befürchtungen bestätigt werden. Mutter hatte uns doch glatt zu einem ›Babyschwimmkurs‹ angemeldet. Mein Verhältnis zu Wasser war etwa genauso herzlich wie das einer Langhaarkatze, wobei mir Chlorwasser besonders verhaßt war. Mich konnte auch nicht die Tatsache trösten, daß die Brühe lauwarm war. So ein smarter Bilderbuch-Bademeister mit behaarter Brust mimte den Kursleiter. Sein Lächeln, mit dem er die Mütter bedachte, ließ jede Schnecke vor Neid erblassen, so schleimig war es. Er genoß vom ersten Augenblick an meine volle Antipathie. Die Frauen standen im Halbkreis um ihn herum, den Nabel unter Wasser, den Nachwuchs auf dem Arm, und lauschten seinen Anweisungen. Anscheinend hatte der Kurs schon früher begonnen, und in den Stunden zuvor waren die Babys an das Wasser gewöhnt worden. An diesem Tag sollten die Kleinen zum ersten Mal zu Schwimmbewegungen motiviert werden. Dazu wurden die Kinder mit dem Bauch auf Korkbrettchen gelegt und sanft durchs Wasser gezogen. Natürlich wußte ich, wie man schwamm, aber ich hatte diesem Sport nie etwas abgewinnen können. So dachte ich gar nicht daran, irgendwelche Verrenkungen zu vollführen. Womöglich hielt man mich dann für ein Naturtalent und schleppte mich jeden Tag in diese Anstalt, um meine Fähigkeiten zu fördern. Ohne mich!

Ich lag wie ein Zehnkilosack Mehl auf dem Brett und ließ meine Arme und Beine schlaff nach unten hängen. Um mich herum kreischte, plätscherte und quiekte es, aber ich rührte meinerseits keinen Finger und ließ mich einfach durchs Wasser ziehen. Ich konnte die besorgten Blicke meiner Mutter regelrecht auf meinem Rücken spüren, doch das war mir im Moment egal, auf diesen Zirkus hatte ich absolut keine Lust. Leider wurde mir durch meine Bewegungslosigkeit bald kalt, und es stand zu befürchten, daß ich mich entweder doch bewegen mußte oder mir eine Erkältung holen würde, denn daß Mutter von selbst auf die Idee käme, mich aus dem kalten Naß zu heben, wagte ich nicht zu hoffen. Da bemerkte ich aus dem Augenwinkel, wie der Kursleiter durchs Wasser auf uns zugewatet kam. Er präsentierte sein festgenähtes Lächeln.

»Ja, junge Frau, wo hängt es denn? Haben Sie die Übung nicht verstanden?« erdreistete er sich den Neuzugang zu fragen.

»Ich weiß auch nicht, woran es liegt. Ich mache das gleiche wie die anderen, aber es funktioniert nicht. Sie bewegt sich einfach nicht.«

»Na, dann woll'n wir mal sehen, darf ich mal?« sagte der Bademeister, und ohne die Antwort abzuwarten, nahm er meiner Mutter das Korkbrett samt meiner Wenigkeit aus der Hand. Der Kerl wagte es, mir in die Backe zu zwicken.

»Auf, nicht so faul, junges Fräulein, jetzt zeigen wir der Mama mal, wie schön wir paddeln können, gelt!«

Ich zeigte ihm was ganz anderes, dem Unsympath, etwas, woran er noch lange denken sollte. Ich ließ mich etwa drei Meter weit ziehen, dann atmete ich aus, stieß mich blitzschnell und unauffällig vom Brett und sank auf den Boden des Beckens. Natürlich war der Bademeister sofort bei mir und zog mich an die Oberfläche, insgesamt eine Angelegenheit von höchstens drei Sekunden, aber ich lag mit offenem Mund, hängenden Armen und Beinen und verdrehten Augen regungslos in seinen Armen.

Mutter kreischte: »Was haben Sie mit meinem Kind gemacht. Ramona, was hat er mit dir gemacht?!«

Der Kursleiter ruderte hektisch mit mir an den Beckenrand. Um die zerrütteten Nerven meiner armen Mutter nicht zu zerreißen und um etwaigen Wiederbelebungsversuchen des Bademeisters zu entgehen, ›kehrte‹ ich schreiend und heulend in das Leben zurück. Ich ließ mich von meiner zitternden Mama in die Arme schließen, während der Rest der Frauen unter entrüstetem Gemurmel in Richtung Umkleidekabinen entschwand.

Der Bademeister blickte hilflos um sich und rief: »Aber meine Damen, es ist doch nichts passiert.«

Doch niemand kam zurück. Ich hatte wieder einmal ein schlechtes Gewissen, weil meine Mutter durch meine Egozentrik so hatte leiden müssen. Dafür war gesichert, daß meine erste Schwimmstunde vorerst auch meine letzte blieb.

Tags darauf fuhr mich Babsi zu meinem Stammcafé. Ihre Hausaufgaben hatte sie mit meiner Hilfe schnell geschafft, und so blieb uns eine Menge Zeit, auf die ich mich wahnsinnig freute. Sie bestellte sich wieder eine Schokolade und holte die Zeitung, damit ich meinem Hauptvergnügen nachgehen konnte. Ich las jede Seite von oben bis unten und ließ auch den Sport nicht aus. Gerade hatte ich die letzten Kreisliga-Ergebnisse genossen und Babsi das Zeichen zum Umblättern gegeben, da erblickte ich zwei Tische weiter Dr. Tabi. Vor Schreck machte ich mir in die Windel. Wie kam der Kerl hierher? War es Zufall, oder hatte er beobachtet, daß ich des öfteren mit dem Mädchen das Haus verließ. Wie auch immer, er sah zu uns herüber, erhob sich süffisant lächelnd und kam an unseren Tisch.

»Ja, da ist ja die kleine Ramona! So eine Überraschung! Wie geht's uns denn?« Er wandte sich an Babsi: »Ich bin der Bruder ihres Vater, also der Onkel von Ramona. Du bist sicher der Babysitter von unserer Kleinen, nicht?« Babsi nickte lächelnd.

»Hmm, ob das der Frau Krüger recht ist, daß du mit Ramona in so einem verrauchten Café sitzt? Du solltest doch sicher mit ihr spazierenfahren, damit sie etwas an die frische Luft kommt, oder?« Babsi bekam einen roten Kopf.

»Keine Angst, ich werde nichts verraten, aber jetzt gehen wir doch lieber ein bißchen nach draußen, nicht! Ich werde euch ein Stück begleiten, und zur Feier des Tages lade ich dich ein! Was hattest du denn?«

»Eine Schokolade«, sagte Babsi verschüchtert.

»Gut, ich bin gleich wieder da, ich geh' nur zur Theke, zahlen.« Er stand auf und ging quer durchs Café. Kaum war er weg, deutete ich mit meiner Rassel auf eine Schlagzeile der ›Mord- und Totschlagseite‹, die zum Glück gerade aufgeschlagen vor uns lag. Aber sie konnte mit dem Wort ›Betrüger‹ offensichtlich nichts anfangen. Ich zeigte auf Dr. Tabi und dann wieder auf das Wort ›Betrüger‹. Sie runzelte verständnislos die Stirn. Da entdeckte ich in einer anderen Schlagzeile den Begriff ›Flucht‹ und schlug mit meinem Rasselchen wie wild auf dieses Wort. Doch Babsi hatte anscheinend ihren schlechten Tag. Am liebsten hätte ich ihr gesagt, sie soll mit mir ganz schnell die Fliege machen, aber dann hätte die alte Dame vom

Nachbartisch, welche die ganze Zeit freundlich zu uns herüberlächelte, gewiß ihre Tasse fallen lassen und so die Aufmerksamkeit von Dr. Tabi auf uns gelenkt. Der Kerl hatte schon sein Portemonnaie in der Hand und wartete auf das Wechselgeld. Es wurde höchste Eisenbahn. Ich sah, wie die alte Dame ihre Tasse absetzte und die Kuchengabel in die Hand nahm. Jetzt oder nie, dachte ich und zischte laut:

»He, Babsi, der alte Knacker da ist nicht mein Onkel, sondern der Hexer, der hinter mir her ist. Wir müssen uns verdrücken, und zwar schnell!«

Hundertzehn Gramm ›Schwarzwälder Kirsch‹ klatschten mit einem leisen Plop auf das Parkett, doch Babsi hatte geschaltet und schob mich eilig zum Ausgang. Ich hörte das Klirren einer Kuchengabel und bemerkte beim Zurückschauen, wie Dr. Tabi gerade sein Geld wegsteckte. Vor der Tür fragte mein Babysitter panisch: »Und jetzt?«

»Erst mal los«, sagte ich, »aber halt die Klappe und sprich nicht mit mir! Ich zeige dir den Weg mit der Rassel.«

Sie lief gehetzt los, und der Kinderwagen hüpfte wild hin und her, so daß ich Mühe hatte, mich festzuhalten. Ich sagte zu ihr, sie solle nicht so rennen, sonst würden wir zu sehr auffallen und ich aus dem Wagen plumpsen. Wir bogen gerade um die Ecke, als der Doktor aus dem Café eilte und sich umblickte. Mist, er hatte uns gesehen und kam uns nach. Ich überlegte krampfhaft nach einem Ausweg, aber mir fiel keiner ein. So dirigierte ich uns einfach in das nächste Kaufhaus, das an unserem Weg lag. Ich muß Zeit gewinnen, dachte ich und hoffte, daß mir eine rettende Idee kam.

Wir ratterten durch die Parfümerie, die Schuhabteilung und das Autozubehör, unser Verfolger stets im gleichen Abstand hinter uns. Unter so vielen Menschen würde er keinen Angriff wagen, aber wir konnten ja nicht bis zum Ladenschluß durch die Gänge fegen. Irgendwann mußten wir wieder rausgehen, denn Mutter würde einen Riesenaufstand machen, wenn wir so spät nach Hause kamen. Dann war es vermutlich vorbei mit meinem Babysitter, es war mehr als unwahrscheinlich, daß ich noch mal so ein Glück hätte wie mit Babsi. Trotzdem war dies im Moment nur meine zweite Sorge. Erst mal mußten wir Dr. Tabi abschütteln, sonst war es vielleicht bald mit mir vorbei. Mangels Eingebung ließ ich Babsi den Kinderwagen zur Abwechslung auf die Rolltreppe schieben und uns nach oben fahren. Da an dem Gefährt keiner vorbeikam, bildete sich hinter uns ein kleiner Stau, und der Abstand zu unserem Verfolger vergrößerte sich etwas. Sehr gut, dachte ich, als die Distanz im folgenden Stockwerk noch wuchs. Aber schon in der nächsten Etage verließen die meisten Leute die Rolltreppe. Inzwischen waren wir ganz oben angelangt, und ich wußte noch immer keine Lösung. Ich hörte, wie Babsi hinter mir schluchzte und mühsam ihre Angst und ihre Tränen unterdrückte. Da entdeckte ich zu unserer Rechten eine offene Aufzugtür. Der Lift war schon ziemlich voll und würde gleich abfahren. Ich lenkte Babsi schnell dorthin, und sie schob den Kinderwagen zwischen die sich schließende Tür. Durch das Unterbrechen der Lichtschranke öffnete sie sich wieder, und Babsi betrat unter empörtem Gemurmel ebenfalls den Aufzug. Gerettet, seufzte ich im Geiste, als der Eingang sich erneut schloß, doch im letzten Moment schob jemand seinen Fuß dazwischen. Die Sicherheitsautomatik öffnete wieder. Das Gemurmel schwoll an, und Dr. Tabi zwang sich in die Masse. Er grinste immer noch, wenn auch leicht verzerrt. Mist, dachte ich, gottverdammter Mist, jetzt ist alles zu spät. Doch die Tür schloß sich nicht. Statt dessen blinkte an der Steuerungskonsole eine Leuchtschrift auf: ›Aufzug überladen‹. Zudem piepste es penetrant.

»He, Sie da«, grollte ungeduldig ein Mann

von stämmiger Statur. »Sie sind zuletzt eingestiegen, Sie müssen wieder raus!«

Dr. Tabi, der wohl nicht oft in die Verlegenheit kam, in Kaufhäusern Aufzug zu fahren, starrte ihn entgeistert an. Eine kleine, dicke Frau an seiner Seite keifte:

»Sie sehen doch das Schild! Der Aufzug ist zu voll, der fährt erst ab, wenn einer wieder aussteigt.«

Erst jetzt begriff der Doktor die Situation. Er murmelte eine Entschuldigung und verließ die Kabine. Ich atmete auf. Das Treppenhaus lag zwar direkt nebenan, aber der Vorsprung dürfte trotzdem groß genug sein, wenn wir unten ankamen. Dabei ging ich davon aus, daß wir nonstop ins Parterre befördert würden, was allerdings ein fataler Trugschluß war. Unter dem immer noch empörten Gemurmel hielten wir schon ein Stockwerk tiefer. Zum Glück war kein Tabi zu sehen. Wahrscheinlich dachte er auch, der Lift würde direkt nach unten fahren, und war schleunigst auf dem Weg dorthin. Die Einstieg-Ausstieg-Prozedur dauerte endlos lange, und wenn die Kabine in jedem Stock hielt, konnte unser Verfolger getrost noch zwei Zigaretten rauchen, ehe wir unten ankamen. Es war zum Verzweifeln. Da war es auch egal, daß Babsi nicht mehr in den Aufzug einstieg, sondern mich durch die

Gänge irgendwohin schob. Ich versuchte erst gar nicht, eine Richtung vorzugeben, und ließ mich resigniert herumkutschieren. Plötzlich standen wir vor einer Tür mit der Aufschrift ›Zum Parkhaus‹, und mir fiel ein, daß es auf dieser Ebene einen Verbindungsweg zum angrenzenden Parkhaus gab, der in den anderen Etagen nicht vorhanden war. Babsi, das geniale Kind, hatte sich daran erinnert, weil sie mit ihrem Vater schon öfter in einem falschen Stockwerk nach diesem Übergang gesucht hatte. In dem Parkhaus existierten natürlich auch Aufzüge. Als wir in dem Lift für einen Moment allein waren, zog ich Babsi zu mir herunter, gab ihr einen Kuß und sagte: »He, Honey, du bist die Allergrößte!«

Sie bekam wieder einen roten Kopf und strahlte voller Stolz und Glück. Wir schafften es sogar, rechtzeitig zu Hause zu sein, wo Mutter mit zufriedenem Blick unsere gesunde Gesichtsfarbe registrierte.

Abends im Bett überlegte ich mir, wie es weitergehen sollte. Denn es mußte etwas passieren. Selbst wenn ich nicht mehr das Café besuchte, was schon traurig genug wäre, würde Dr. Tabi andere Wege und Möglichkeiten finden und nicht eher ruhen, bis er mich hatte. So reifte in mir ein Plan, der, falls er nicht gelang, sehr böse ausgehen konnte.

13

Mein Vater hatte auch einen Plan gefaßt, oder besser gesagt, er hatte nach langer Zeit wieder einmal eine Idee, wie er seine Tochter beglücken könne. Das Mobile war ja schon lange out, und da ich inzwischen frei herumkrabbelte, diente die Schaumstoffmatte nicht einmal mehr als Versteck für die Kreuzworträtsel. Jedenfalls brachte mein Vater eines Abends ein seltsames Gestell mit nach Hause, welches Ähnlichkeit mit einem überdimensionalen Stethoskop hatte. Es war eine wuchtige Stahlklammer mit angehängtem Gummizug. Mein Vater klapperte mit dem Ding vor meiner Nase herum und trällerte selbstgefällig: »Sieh mal, was dein allerliebster Papi dir mitgebracht hat. Das wird aber eine Freude werden. Du bist sicher gespannt, was das ist, hm?«

In neunundneunzig Prozent der Fälle lag der Alte ja meilenweit daneben, aber diesmal hatte er ausnahmsweise mal recht. Ich war in der Tat gespannt, was das wohl sein sollte, denn so etwas hatte ich noch nie gesehen. Da die Erfahrungen mit den anderen Ideen meines Vaters nicht gerade die besten waren, betrachtete ich das Ganze allerdings mit äußerster Skepsis. Mein Vater öffnete die Tür zum Wohnzimmer so weit es ging, zog die Metallklammer auseinander und ließ sie zu meiner großen Überraschung über dem Türrahmen zusammenschnappen. Die flachen Klammerenden lagen nun auf dem Rahmenholz auf. Vom Scharnier der Klammer baumelte das Gummiseil, an dessen anderem Ende ein großer Haken befestigt war.

»Da staunst du, was«, interpretierte der Alte meinen Gesichtsausdruck völlig richtig. Der Sinn dieser Konstruktion gab mir immer mehr Rätsel auf. In einem anderen Fall hätte ich vielleicht auf ein Folterinstrument getippt, aber das erwartete ich nun doch nicht von unserem Familienoberhaupt. Ich wurde bald eines Besseren belehrt, wobei ich keinerlei böse Absicht unterstellen konnte, sondern nur ausgeprägte Unfähigkeit. Was einen wenig tröstet, wenn es auf das gleiche hinausläuft. Mein Ernährer holte aus einer Tasche den Rest der Apparatur, der aus einem Sack bestand, der oben durch einen eingenähten Reifen auseinandergehalten wurde und unten zwei kleine, runde Öffnungen hatte. An dem Reifen waren so eine Art Hosenträger befestigt, die er in den Haken des Gummizuges einhängte. Dann stieß Vater den Reifen an, so daß das Ganze vom Flur im Wohnzimmer und wieder zurückschwang.

»Oh, was ist denn das?« strahlte Vater mich an.

Mich traf der Schlag, es war eine Babyschaukel! Er hob mich hoch, setzte mich in den Sack und wurschtelte meine Beinchen aus den runden Löchern. Dann gab er mir einen Schubs, ich sauste aus dem Zimmer, kam kurz vor der Deckenlampe im Flur zum Stehen, um sofort zu meinem Peiniger zurückzujagen. Wenn ich etwas mehr gehaßt habe in meinem vorherigen Leben als Wasser, Langeweile und Dummheit, dann alles, was irgendwie schaukelte, sich drehte oder in sonst irgendeiner Weise den Gleichgewichtssinn malträtierte. Schon der Anblick einer Kinderwippe verursachte mir Magenkrämpfe. Bei dem einzigen Mal, wo meine richtigen Eltern mich in ein Kletterkarussell gesetzt hatten, wurden nach der zweiten Runde mindestens fünf Personen von mir vollgekotzt, und ich war überzeugt, daß ich eine Fahrt in der Achterbahn nie überlebt hätte.

»Hui«, grölte der Alte, »hui, das macht Spaß, was?!«

Mir schnürte es die Kehle zu. Wenn ich wenigstens hätte schreien können, dann hätte er sich vielleicht erbarmt, oder Mutter wäre zu meiner Rettung erschienen. Aber so schaukelte er mich, von seiner Konstruktion vollends begeistert, immer heftiger, Richtung Zimmerdecke hinauf. Bis ich die Flurlampe endlich voll erwischte und dadurch der Sack sich noch zusätzlich zu drehen begann. Vor meinen Augen wirbelte alles in rasender Geschwindigkeit, so daß ich im nachhinein nicht sagen konnte, ob der Türpfosten das letzte war, was ich gesehen habe, oder Vaters aufgerissene Augen. Nicht einmal an den Schmerz konnte ich mich erinnern, so schnell hatte die Dunkelheit mich umfangen.

»Maxwell, hallo, Maxwell«, drang eine leise Stimme an mein Ohr. Ich öffnete blinzelnd die Augen und erblickte das besorgte Gesicht von Babsi.

»Hallo, Schätzchen, du siehst aus, als hättest du die letzte Mathearbeit verhauen. Dabei haben wir doch so geübt.«

Babsi seufzte erleichtert: »O Mann, ich bin echt froh, daß du wieder da bist. Ich dachte schon, er hätte dich eliminiert.«

»Wie? Was? Natürlich bin ich da! Und wer soll mich eliminiert haben? Woher hast du überhaupt dieses Wort?« Plötzlich fiel mir auf, daß ich in einem fremden Gitterbett und in einer mir unbekannten Umgebung lag.

»Wo bin ich hier?« fragte ich erschrocken.

»Im Krankenhaus.«

»Was«, ich fuhr hoch, »in welchem?«

»Sankt Elisabeth.«

»Gott sei Dank, Dr. Tabi praktiziert an der Uniklinik, ich dachte schon...«

»Wer praktiziert?«

»Du weißt doch, der Hexer, der uns verfolgt hat und der mir ans Leder will.«

»Wie, der arbeitet als Hexer in der Uniklinik?«

»Nein, arbeiten tut er dort als Arzt. Das ist seine Tarnung, verstehst du?« Sie nickte. »Schön, aber sag mal, warum bin ich denn hier im Krankenhaus?« versuchte ich abzulenken.

»Ein Auto hat deinen Kinderwagen angefahren, und du bist herausgefallen.«

»Sehr merkwürdig, daran erinnere ich mich gar nicht. Wer hat dir das denn erzählt?«

»Dein Vater, er wurde auch angefahren.«

»Mein Vater? Ah ja... mein Vater!« Schlagartig fiel mir die Babyschaukel ein. Jetzt konnte ich mir auch meinen Filmriß erklären. Ich war wohl mit dem Kopf gegen den Pfosten geknallt, ohnmächtig geworden und dann ins Krankenhaus gekommen. Daß der Alte die Geschichte mit dem Auto erfunden hatte, konnte ich mir gut vorstellen.

»So, der Herr Krüger wurde ebenfalls angefahren, hat er dir das auch erzählt?«

»Ja, er hat ein riesiges, blaues Auge abbekommen!«

»Ach, tatsächlich?« Vielleicht hatte ich beim Zurückschwingen doch nicht den Pfosten, sondern ihn getroffen, überlegte ich mir schadenfroh. Oder Mutter hatte ihm nach der Rückkehr aus dem Krankenhaus mit dem Nudelholz gezeigt, was sie von seinen genialen Ideen hielt. Das hätte ich genausogut gefunden.

Babsi sagte: »Ich dachte schon, daß der Fahrer des Wagens vielleicht von dem Magier verhext worden ist, um dich zu eliminieren.«

»Aber Schätzchen, wenn man eliminiert wird, dann ist man tot, verstehst du, weg, nicht mehr da!«

»Aber du warst doch nicht mehr da.«

»Ich war eine Weile ohnmächtig, aber deswegen war ich doch trotzdem hier, oder!«

»Nein, warst du nicht! Herrje wie soll ich das erklären? Ohnmächtig warst du nur ganz kurz, aber du warst die ganze Woche weg.«

»Wie bitte?« Ich wurde bleich. »Erklär mir das genauer! Ich bin schon eine Woche hier und war nicht ohnmächtig?«

»Nein. Ich meine, ja! Du warst bei Bewußtsein, aber du warst nicht da, das heißt, du warst ganz anders. Ich kam jeden

Tag vorbei, doch du hast nie mit mir gesprochen, sondern lagst nur brabbelnd auf dem Rücken, wie ein richtiges Baby.«

»Erzähl weiter!«

»Deswegen haben dich die Krügers auch ins Krankenhaus gebracht, nicht wegen der Beule. Du konntest plötzlich nicht mehr krabbeln, und die Spielsachen konntest du auch nicht mehr richtig halten.«

»Weiter!«

»Weiter war nichts.«

»Hmm, das hängt wohl alles mit dem Schlag gegen meinen Kopf zusammen. Sozusagen eine durch Schock verursachte Desorientierung, so was kommt häufiger vor.«

»Du meinst, du wußtest nicht mehr, wer du bist?«

»Und wo ich bin. Genau!«

Babsi schien beruhigt zu sein und verabschiedete sich kurz darauf, weil sie nach Hause mußte. Vorher bat ich sie noch um einige Gefälligkeiten, deren Sinn sie zwar nicht verstand, aber sie versprach, sich darum zu kümmern. Zum Abschied drückte sie mir das Händchen und sagte, daß sie mich so bald wie möglich wieder besuchen käme. Fast wären mir die Tränen gekommen, aber dann fiel mir ein, daß ihre Anteilnahme nicht Professor Elbe, sondern Maxwell Queens, dem Popstar, galt. Trotzdem war sie ein liebes Kind. Ich selbst war nicht wenig beunruhigt über meine Woche der ›Abwesenheit‹. Denn die Begründung, die ich Babsi gegeben hatte, erklärte nicht, warum auch mein Bewegungsapparat in dieser Zeit außer Funktion war. Auf der anderen Seite hatte ich keinerlei Erfahrungen, was so ein Schlag bei einem Kleinkind alles bewirken konnte. Ich konnte nur hoffen, daß Vater seine nächsten Experimente mit mehr Vorsicht angehen würde.

Nicht lange nachdem Babsi gegangen war, erschienen meine Mutter und der Stationsarzt an meinem Bett. Ich empfing sie mit einem Lächeln, das Mutter erfreut erwiderte.

»Ich habe den Eindruck, daß Ihre Tochter heute etwas munterer ist«, bemerkte der Arzt. »Na, dann wollen wir mal sehen.« Er hob mich aus dem Bett, legte mich auf den breiten Wickeltisch und begann mit den üblichen Tests, um meine Sinnesorgane und meine Reaktionen zu prüfen. Ich erledigte alles mit Bravour, drehte Köpfchen, schnappte nach Bällchen und machte all den anderen Mist, der von mir erwartet wurde. Der Mediziner war sichtlich beeindruckt.

»Erstaunlich, wirklich erstaunlich! Es scheint, als wäre das regressive Verhalten ihres Kindes genauso plötzlich verschwunden, wie es aufgetreten ist. So einen Fall konnte ich noch nie beobachten.«

»Sie meinen, Ramona ist wieder gesund?«

»Nun, ich würde sagen, daß sie noch ein, zwei Tage zur Beobachtung hierbleibt, und wenn keine Verschlechterung eintritt, können Sie Ihre Tochter wieder mitnehmen.«

»Ach wie schön, meine kleine Ramona!« Mutter strahlte.

»Was ich Sie noch einmal fragen wollte, Frau Krüger, wie kam es eigentlich zu der Verletzung?«

»Das habe ich Ihnen doch schon gesagt, sie ist meinem Mann aus der Schaukel gefallen.« Mutter bekam einen roten Kopf.

»Sind Sie sicher?«

»Aber ja, warum fragen Sie?«

»Sehen Sie, ich kenne diese Schaukeln, sie sind eigentlich recht ungefährlich, und selbst wenn einmal ein Kind herausfallen sollte, könnte die geringe Höhe kaum eine solche Prellung hervorrufen.«

Mutter schwieg. Anscheinend hatte sie Probleme, zuzugeben, einen Holzkopf geheiratet zu haben, der seine Tochter so wild schwingen ließ, als gelte es eine Schiffschaukel zum Überschlag zu bringen. Der Arzt mißdeutete ihr Schweigen.

»Sehen Sie mal, Frau Krüger, Sie können ganz offen mit mir reden. Haben Sie, oder vielleicht Ihr Mann, Schwierigkeiten mit Ihrem Kind? Fühlen Sie sich überfordert?«

Mutter starrte ihn entgeistert an.

»Nein, überhaupt nicht. Wie kommen Sie darauf?«

»Ich will ganz ehrlich zu Ihnen sein. Wenn wir den Verdacht einer eventuellen Kindesmißhandlung nicht ganz ausräumen können, sind wir vom Krankenhaus verpflichtet, das Jugendamt zu informieren.«

Mutter schwankte, aber sie kippte nicht. Statt dessen riß sie mich hoch und preßte mich an sich. Trotz der unsanften Behandlung sah ich mich genötigt, die Arme um sie zu legen und mich ganz lieb an sie zu drücken. Denn Überprüfungen vom Jugendamt und das ganze Theater konnte ich momentan überhaupt nicht gebrauchen.

Meine Erzieherin schnappte schwer nach Luft. »Meine Ramona mißhandeln, sind Sie verrückt?!«

Der arme Arzt, der meine offensichtliche Zuneigung erkannte, war sehr verunsichert. »Nehmen Sie das bitte nicht persönlich, Frau Krüger, aber wenn Sie wüßten, was ich hier oft zu sehen kriege, da müssen wir einfach nachfragen. Ich sehe ja, daß Sie ein gutes Verhältnis zu Ihrem Kind haben, aber haben Sie bitte Verständnis. Lieber sich einmal zuviel gesorgt als einmal zu wenig.«

Mutter beruhigte sich wieder und entschuldigte sich ihrerseits für ihren Ausbruch. Nach einigem Verständnis hier und Entschuldigungen da wurde ich endlich wieder ins Bett gelegt und alleingelassen. Allein mit vier anderen Babys, von denen ich hoffte, daß sie in der Nacht keinen Rabbatz machen und mir den Schlaf rauben würden.

14

Es muß wohl mitten in der Nacht gewesen sein, als ich von seltsamen Geräuschen geweckt wurde. Durch meine vom Schlaf getrübten Augen konnte ich zuerst nur zwei schemenhafte Gestalten ausmachen, die miteinander flüsterten. Panik befiel mich, doch dann hörte ich das Kichern einer Frau. Ich atmete auf, denn für so abgebrüht hielt ich keinen Killer, daß er vor Vergnügen gluckste.

»Du liebst mich nicht mehr«, schmollte leise die Frauenstimme. Als Antwort hörte man nur ein tiefes Brummen. Ich konnte nun besser sehen und erkannte die Nachtschwester, deren Ohr gerade von einem männlichen Wesen benagt wurde. Vermutlich der diensthabende Assistenzarzt, überlegte ich.

»Was redest du, natürlich liebe ich dich«, sagte der Mann in einer Knabberpause.

»Du hast dich die ganze Woche nicht sehen lassen.« Die Schwester küßte jetzt seinen Hals.

»War so viel zu tun«, nuschelte er in den Ausschnitt ihres Kittels, dessen obersten Knopf er schon geöffnet hatte. Sie gurrte.

»Nicht doch, nicht hier.«

»Wo denn sonst, hier ist es doch am

besten«, flüsterte der Arzt und ließ seine Hand langsam über ihren Po wandern. Dabei zog er ihren Kittel nach oben, bis man ihren Slip sah, den sie unter der weißen Strumpfhose trug. In den Nachbarbetten blieb alles ruhig. Seine Rechte glitt mit abgespreiztem Finger unter ihre Strumpfhose. Sie gab einen Kiekser von sich und legte erschrocken die Hand auf den Mund. Kurzentschlossen hob der Arzt die Schwester hoch und trug sie zu dem breiten Wickeltisch. Der Tisch hatte anscheinend die ideale Höhe, denn er blieb davor stehen, streifte ihr die Strumpfhose bis kurz unter die Knie, hob ihre Beine an und knöpfte sich die Hose auf. Die Nummer begann mich zu interessieren, denn es sah schon recht merkwürdig aus, wie er da stand und ihre Brüste knetete, während die Strumpfhose an seinem Hals spannte und ihm die Luft abzuschnüren drohte. Zu meinem Bedauern mußte ich jedoch feststellen, daß dies das Interessanteste an der Sache war. Jetzt begann er auch noch zu stöhnen und zu keuchen. Meine Neugier erlahmte zusehends, und da ich außerdem schlafen wollte, beschloß ich einzugreifen. Sollten sie doch kieksen und keuchen, wo sie wollten, aber nicht mitten in der Nacht vor meinem Bett. Wer wußte, wie lange sich das noch hinziehen würde. Zudem sah ich nicht ein, daß, wenn ich wegen fehlender Hormone keinen Spaß daran hatte, die anderen ihn haben sollten. Also stellte ich mich an das Gitter meines Bettes und sah dem Doktor geradewegs in die Augen. Er schaute kurz überrascht, zwinkerte mir dann mit einem Auge zu und ließ sich ansonsten nicht stören. Ich winkte abfällig, bedeutete ihm mit den Händen, daß er sie mal richtig rannehmen solle, wobei ich meine mit Pampers umhüllten Hüften wild vor und zurück bewegte. Das brachte ihn offensichtlich aus dem Rhythmus, und er starrte mich mit offenem Mund an. Ich zeigte ihm meine Faust, den Daumen zwischen Mittel- und Zeigefinger eingeklemmt. Er war nun vollends irritiert, und allmählich merkte auch seine Gespielin, daß etwas nicht stimmte. Sie wollte wissen, was denn los sei.

»Das Kind da!« stammelte er.

»Was ist damit?«

»Nun, es ... es steht da in seinem Bettchen.«

»Na und, das hat dich doch bisher noch nie gestört.«

»Aber ... ach was, das glaubt mir sowieso keiner.«

»Was?«

»Nichts, ich hab' jedenfalls keine Lust mehr.«

»Wenn es dich so stört, dann laß uns doch ins Schwesternzimmer gehen.«

»Ach nein, lieber nicht. Überhaupt wächst mir der ganze Streß und alles langsam über den Kopf«, bemerkte er mürrisch.

»Ich hab's ja gesagt, du liebst mich nicht mehr!« Schmollend zog die Schwester ihre Strumpfhose hoch.

»Aber nein, Valerie, damit hat das wirklich nichts zu tun.«

»Dann erkläre es mir doch!«

»Das kann ich nicht. Sieh dir doch mal das Kind an!«

Ich hatte den Finger im Mund und machte das unschuldigste Gesicht auf Erden.

»Was ist mit dem Mädchen?«

»Das Kind hat ... ach, vergiß es! Komm, wir gehen ins Stationszimmer.«

Die Nachtschwester legte mich sanft nieder und deckte mich zu.

»Schlaf, Kleines! Sei lieb! Haben wir dich geweckt? Das tut mir leid, aber jetzt schlaf schön!« Ich steckte den Daumen in den Mund und schloß demonstrativ die Augen. Die beiden schickten sich an, das Zimmer zu verlassen. An der Tür wandte sich der Typ nochmals um und sah mich an. Ich öffnete die Augen und warf ihm drei schnelle Küßchen zu. Blitzschnell drehte er sich um und schloß die Tür hinter sich. Ich hätte meinen letzten Schnuller verwettet, daß es ihm in dieser Nacht nicht mehr gelungen war, Valerie von seiner Liebe zu überzeugen, sondern daß er statt dessen mit Valium ins Bett gegangen war. Aber das sollte nicht meine Sorge sein, und so schlief ich genüßlich wieder ein.

Die Untersuchungen der nächsten Tage bestätigten mein gutes Befinden, und ich wurde entlassen. Vom Jugendamt war auch keine Rede mehr, und so konnte mich Mutter wieder glücklich nach Hause tragen. Jetzt wartete ich ungeduldig auf den Besuch meines Babysitters, um meinen Plan in die Tat umzusetzen. Babsi hatte inzwischen herausgefunden, daß mein Bungalow schon wieder bewohnt war. Damit hatte ich gerechnet, doch da er von der Universität immer an ihre Angestellten vermietet wurde, stellte dies kein allzu großes Problem dar. Das Haus war klein und hatte nur drei Zimmer, war also kaum geeignet für eine Familie, aber ideal für alleinstehende Akademiker. Auf dem Namensschild am Briefkasten stand ›Dr. Kofski‹, und ein Blick in das Vorlesungsverzeichnis bestätigte meine Vermutung, daß mein Nachmieter ebenfalls an der Uni lehrte. Das Vorlesungsverzeichnis gab natürlich auch genaue Auskunft darüber, wann der Herr Geschichtsprofessor auf keinen Fall zu Hause sein konnte. Ich glaubte zwar, nicht allzuviel Zeit für diesen Teil meines Vorhabens zu benötigen, aber sicherheitshalber wählte ich einen Termin, an dem er zwei Seminare hintereinander abhielt, ›Die hochmittelalterliche Kochkunst‹ und ›Die Fastenbewegung während der zweiten Pest‹. Ich war wirklich gespannt auf seine Wohnungseinrichtung. Bevor ich sie jedoch begutachten konnte, galt es erst einmal, in die Wohnung hineinzukommen. Ich hoffte inständig, daß das Schloß nicht ausgewechselt worden war, denn dann hätte es ganz finster für mich ausgesehen. Babsi, die das Terrain sondiert hatte, war etwas verwundert darüber, daß Maxwell Queens in einer so einfachen Behausung gewohnt hatte. Aber die Erklärung, daß ich extra so ein unscheinbares Heim als Zweitwohnung benutzt hatte, um ab und zu den Reportern zu entkommen und mich zu entspannen, leuchtete ihr ein.

Der Nachmittag, an dem wir uns aufmachten, war naß und kalt, so richtig schön widerlich. Das hatte den Vorteil, daß wenige Menschen auf der Straße waren und in den angrenzenden Gärten meines ehemaligen Bungalows niemand in seinen Beeten werkelte. Wir näherten uns dem kleinen Gartentor, und als niemand zu sehen war, hob Babsi das alte Gatter aus den Angeln, schob den Kinderwagen schnell durch die Hecke und setzte das Tor wieder ein. Ich merkte, wie mein Chauffeur zitterte, und auch meine Spannung stieg, obwohl das Haus ganz offensichtlich verlassen war. Ich lenkte Babsi zu einer Blumenschale neben dem Terrassenaufgang. Die Blumen waren längst verwelkt, aber die Erde war noch drin. Unter der Schale hatte ich seinerzeit einen Zweitschlüssel deponiert, da ich die fatale Angewohnheit hatte, oft die Tür hinter mir zuzuziehen und den Schlüssel in der Wohnung liegenzulassen. Alles blieb ruhig, keiner rief nach uns, und meine Komplizin hob die Blumenschale beiseite. Der Schlüssel war noch da. Sie nahm ihn, schob mich zur Haustür und klingelte. Wenn jemand öffnete, konnten wir immer noch sagen, wir sammelten für das Müttergenesungswerk. Das heißt, Babsi konnte es sagen. Doch nichts regte sich. Jetzt kam es darauf an! Sie sah sich nochmals um, dann steckte sie den Schlüssel in das Schloß und drehte ihn. Es machte leise Klick, und die Tür öffnete sich. Glück gehabt, dachte ich, aber Babsi schien plötzlich Angst zu bekommen und zögerte. Erst nach Bitten und Betteln und dem Versprechen, daß es höchstens fünf Minuten dauern würde, schob sie mich hinein.

Die Wohnungseinrichtung selbst war überhaupt keine Überraschung, es war meine eigene. Entweder hatte der Professor noch keine Zeit gehabt, sich einzurichten, oder er war ein alter Geizhals. Daß ihm meine Einrichtung gefiel, konnte ich mir nicht vorstellen, sie bestand aus altem, wertlosem Plunder, der sich im Laufe der Jahre angesammelt hatte. Ich hatte schon immer mehr in mir gelebt und auf Äußerlichkeiten nicht geachtet. Die Damen, die mich mit ihrem Besuch beehrten, vermittelten mir auch meist mehr oder weniger unverhohlen, daß meine Geschmacklosigkeit schon fast wieder originell war. Ein seltsames Gefühl stieg in mir auf, als mein Blick auf den geliebten Sessel und meinen Schreibtisch fiel. Doch es blieb keine Zeit für Sentimentalitäten, denn Babsi drängte zur Eile.

Wir begaben uns ins Badezimmer, sie holte einen großen Schraubenzieher aus ihrer Tasche und sah mich fragend an. Ich zeigte ihr seitlich an der Badewanne die Klappe, welche den Zugang zu den Abflußrohren ermöglichte, und bedeutete ihr, sie abzuschrauben. Danach nahm sie nach meinen Anweisungen die Klappe ab, griff in die Öffnung und holte einen umwickelten

Gegenstand hervor. Ehe sie fragen konnte oder gar das Tuch aufwickelte, behauptete ich hastig, ich hätte draußen etwas gehört, sie solle schnell das Päckchen in meinem Kinderwagen verstecken und mit mir den Bungalow verlassen. Voller Panik tat sie, was ihr gesagt wurde, und kurz darauf standen wir wieder jenseits des Gartentores.

Das Wetter war noch regnerischer geworden, und Babsi beeilte sich, uns nach Hause zu bringen. Unterwegs überlegte ich mir, was für eine Ausrede ich für unsere ›Beute‹ erfinden sollte, aber es fiel mir nichts Gescheites ein. Ich beschloß, ihr die Wahrheit zu sagen. Das war letztendlich ohnehin besser, da ich ihre Dienste noch brauchte und mir deshalb immer neue Lügen hätte ausdenken müssen. So ließ ich sie die Pistole auspacken und erklärte ihr einfach, daß ich sie zum Schutz vor dem Hexer brauchte. Ich hatte mir viel zuviel Sorgen gemacht, denn sie fand alles völlig logisch, schließlich kenne man das ja vom Fernsehen. Babsi fragte sogar, wo ich denn die Waffe verstecken wollte. Doch wohl kaum im Kinderwagen oder in der Windel. Kluges Kind! Darüber hatte ich mir natürlich auch Gedanken gemacht, und mir war eine gute Idee gekommen. Zum Glück fragte sie nicht danach, wie und warum die Pistole unter die Badewanne gekommen war.

Seinerzeit, nachdem mir die Unheilbarkeit meiner Krankheit bewußt geworden war, hatte ich mir die handliche Waffe in der festen Absicht besorgt, im letzten Stadium meine Leiden gewaltsam abzukürzen. Aber in meiner Wohnung gab es weder einen Schrank noch eine Schublade, wo das Schloß noch funktionierte oder der passende Schlüssel existierte. Außer meinen wissenschaftlichen Arbeiten hatte ich praktisch nichts von Wert besessen, und so hatte für diese Dinge nie eine Notwendigkeit bestanden. Daher gab es keinen Ort, an dem die Pistole vor meiner neugierigen Haushaltshilfe sicher war. Also hatte ich sie im Bad versteckt. Jetzt, in der Wohnung meiner ›Eltern‹, war die Sache noch viel schwieriger, wie Babsi treffend bemerkte. Zudem brauchte ich die Waffe vor allem draußen. Das einfachste wäre natürlich gewesen, Babsi hätte den Ballermann immer mitgebracht. Aber erstens war sie nur den geringeren Teil der Zeit präsent, zweitens wollte ich sie nur ungern in meinen Plan verwickeln, und drittens war ich überzeugt, daß mein cleverer Exkollege Dr. Tabi inzwischen ahnte, daß mein Babysitter eingeweiht war und auf meiner Seite stand. Er konnte sich auch denken, daß ich dagegen meine Mutter bestimmt nicht über meine wahre Identität aufgeklärt hatte, und da sie nicht wußte, wer und was ihr Kind war, hatte sie auch keinen Grund, besondere Vorsicht walten zu lassen. Der Doktor hatte bestimmt den gleichen Gedankengang und würde sein Glück versuchen, wenn ich mit Mama und Papa unterwegs war. Folglich benötigte ich die Waffe gerade dann, wenn es nahezu unmöglich war, sie bei mir zu verstecken. Schließlich wurde ich von Mutter gewickelt, angezogen und in den Kinderwagen gesetzt. Es hatte eine ganze Weile gedauert, bis ich eine Lösung gefunden hatte. Ich ließ Babsi meinem Teddybären den Rücken aufschlitzen, genügend Holzwolle entfernen und so präparieren, daß die Pistole bequem hineinpaßte. Es gab zwar keine Knöpfe, aber man brauchte dem Teddy nur seinen Pullover wieder überzuziehen, und schon sah er aus wie vorher. Einen kleinen Spalt am Hintern ließ Babsi geschickt verschwinden, indem sie dem Stoffbären ein weißes Faltenröckchen nähte, was meine Mutter ganz besonders entzückte. Vater meinte, der Rock in Verbindung mit dem Pullover, auf dem ›Bayern München‹ stand, wäre eine Beleidigung, und wollte ihn entfernen. Er hatte sich den Teddy schon geschnappt und wunderte sich über das Gewicht, als ich losschrie wie von der Tarantel gestochen. Sofort eilte Mutter herbei und entriß den Bären ihrem Mann, der seit der Schaukelgeschichte schwer zurückstecken mußte. Sie brachte das Stofftier zu mir, und ich schloß es in die Arme, fest entschlossen, es nie mehr loszulassen. Teddy wurde mein bester Freund und durfte nie von meiner Seite weichen. Mutter wunderte sich überhaupt nicht über soviel Anhänglichkeit, bei ihr war es ja genauso gewesen. Ach ja...!

15

Die Krabbelgruppe, die nahtlos aus der Stillgruppe hervorgegangen war, tagte wieder einmal. Meiner Mama zuliebe gab ich mir die erdenklichste Mühe, nicht aufzufallen, und achtete darauf, nicht weniger zu spielen und nicht mehr zu bauen als die anderen Kinder. Denn nur herumsitzen und dösen konnte ich in meinem Alter nicht mehr, ohne augenfällig zu werden. Ich lächelte sogar Svenilein an, aber der Holzkopf wertete dies als ›Zähneblecken‹ und verzog sich nölend in Richtung Sonja. Vielleicht war mein Lächeln auch noch zu ungeübt und sah wirklich schrecklich aus. So griff ich mir eben aus Langeweile die verschiedenen Spielzeugautos und überprüfte sie auf Detailgenauigkeit und Herstellerland. Währenddessen erzählten die Mütter stolz, was ihre Kleinen schon alles konnten. Wobei sich Sonja in jede Schilderung einmischte und ihrerseits begeistert berichtete, daß Svenilein das auch schon gemacht habe, vor einiger Zeit versteht sich. Immerhin war dies mal eine Abwechslung zu dem sonst üblichen Gejammer. Leider blieb es nicht bei den Prahlereien, sondern die armen Würmer sollten ihre neu erlernten Fähigkeiten auch noch vorführen.

»Komm, Monika, zeig doch mal, wie schön du den Ball werfen kannst. Na, zeig doch mal! So wie gestern! Also gestern hat sie das ganz toll gekonnt. Nun wirf doch endlich den Ball! Balla, Balla, Monilein, Balla!«

Monika schaute ganz verängstigt auf ihre penetrant insistierende Mutter, ließ den Ball fallen und fing an zu heulen.

»Sicher ist sie übermüdet«, hieß es als Entschuldigung der ignoranten Erzieherin. Dieser Vorgang wiederholte sich bei den anderen in mannigfacher Form, bis alle Kinder genervt waren, wimmerten und jaulten.

Sonja meinte: »Ich weiß gar nicht, was heute wieder mit den Kleinen los ist. Haben wir Vollmond?«

Es war zum Ausrasten, und ich war auch schon ganz balla balla. Zum Glück konzentrierten sich die Mütter bald wieder auf ihren üblichen Tratsch, und die Kids beruhigten sich etwas. Ich fand, daß so ein Verhalten bestraft werden sollte, und wurde ›pädagogisch‹ tätig. War doch interessant zu erkunden, was die Babys schon so alles lernen konnten. Ich krabbelte unauffällig zu Moni, die vor einem ausgespülten Marmeladenglas saß und mit einem Bauklötzchen monoton darin herumrührte. Mit einem Löffel schlug ich leicht gegen das Glas, was einen schönen hellen Ton erzeugte. Moni sah mich erst erstaunt, dann lächelnd an, und nach kurzer Zeit hatte sie begriffen. Sie nahm mir den Löffel ab und schlug ihrerseits gegen das Glas: Ping, Ping!

Auf dem Weg zu Patrick nahm ich eine große, leere Keksdose aus Blech mit, und ein metallenes Spielzeugauto ließ sich hervorragend als Schlegel verwenden. Auch Patrick war sehr gelehrig und wußte schnell, daß man das Auto auf die Dose schlagen mußte, damit es Peng machte: Peng, Peng!

Moni konnte nun allerdings ihr Ping nicht mehr so gut hören und war gezwungen, etwas fester zu schlagen: Ping, Ping, Peng, Peng!

Jonas war ganz begeistert von dem Geräusch, das der Holzfrosch machte, wenn man ihn mit Schwung den Wohnzimmerschrank küssen ließ. Rumms, Rumms, Peng, Ping, Rumms!

Eva untersuchte gerade das Muster einer Bodenvase, als ich ihr einen alten Wecker vorbeibrachte und ihr demonstrierte, wie Wecker und Vase zusammen ein wunderschönes ›Dong‹ hervorbringen konnten. Donggg, Ping, Rumms, Peng! Donggg, Ping, Rumms, Peng, Pang!

Nanu, wo kam denn das Pang her? Meine Musikerziehung hatte Eigendynamik ent-

wickelt und Sven inspiriert, einen Plastikteller auf seinen Kreisel zu hämmern. Nach und nach schwappte die Welle der Kreativität auch auf die restlichen Kinder über, und der Krach nahm kriminelle Formen an. Die Erwachsenen diskutierten noch darüber, ob es pädagogisch richtig sei, einzugreifen oder nicht, als das Feuerwehrauto in meine Hände fiel. Da ich zu faul war, auf irgend etwas herumzutrommeln, begnügte ich mich, damit zu überprüfen, ob die Batterien wieder eingesetzt worden waren. Sie waren es. Ich stellte die Sirene an und warf das Auto hinter die unzugängliche Heizungsverkleidung. Tatüü, Tataaa, Peng, Rumms, Peng ... etc!
Die Pädagogikdiskussion war inzwischen abrupt abgebrochen worden, da sich die Teilnehmer wegen des ohrenbetäubenden Lärms nicht mehr verständigen konnten und der Krach zudem noch durch Bollern an der Wohnungstür, Hämmern an der Wand, Klopfen vom Boden und Stampfen von der Decke verstärkt wurde. Anscheinend waren die Nachbarn allesamt unmusikalisch, das soll's ja geben. Das Orchester wurde gewaltsam durch die herbeieilenden weiblichen Ordnungskräfte aufgelöst, die Mitglieder nach Hause abtransportiert und in Gitterbettchen gesperrt. Gott sei Dank konnte der Aufrührer nicht ausfindig gemacht werden,

sonst wäre meine Mutter wieder im Boden versunken. Ruhe kehrte ein, die Hausbewohner beruhigten sich, und nur das Feuerwehrauto heulte unbehelligt weiter, bis der nach Hause kommende Ehemann mit einem Schraubenzieher das Ziergitter von der Heizung löste.

Am Abend hatte Mutter eine Verabredung und mußte mich wohl oder übel mit meinem Vater alleine lassen. Allerdings nicht, ohne ihn vorher genau zu instruieren, wie mein Brei zu wärmen, umzurühren und zu verabreichen sei. Vater ließ die umständlichen Erklärungen wortlos über sich ergehen und nickte nur. Schließlich drückte Mutter mir einen feuchten Kuß auf die Stirn und verabschiedete sich, doch in der Tür drehte sie sich noch einmal um, winkte albern und äußerte wie beiläufig den verhängnisvollen Satz, daß ich heute abend nicht gebadet werden mußte.

»Wieso?« fragte Vater aufgebracht. »Traust du mir das etwa nicht zu?« Mutter aber war schon verschwunden, ohne ihn einer Antwort zu würdigen.

»Wäre doch gelacht, wenn wir nicht allein zurechtkämen«, sagte mein Vater, nachdem er mir den lauwarmen, verklumpten Brei vorgesetzt hatte. »Jetzt wollen wir beide mal ein richtiges Badefestival veranstalten.« Kurzentschlossen packte er mich und schleppte mich ins Badezimmer. Als Vater mit Vehemenz den Heißwasserhahn aufdrehte, brach mir der Schweiß aus. Ich sah mich schon mit Verbrennungen dritten Grades im Krankenhaus liegen, aber zum Glück hielt er probeweise seine Hand ins Wasser. Er heulte auf wie ein Wolf, dem man auf den Schwanz getreten hatte, und ließ sofort kaltes Wasser nachlaufen. Zumindest dem Tod durch Verbrennungen war ich damit entgangen. Leider hatte die Panik, die mich überwältigte, auch ihre Spuren in meiner Windel hinterlassen. Diese peinliche Schwäche des Schließmuskels hatte ich selbst durch meditative Übungen nicht in den Griff bekommen. Meinen Vater jedoch traf dieses Ereignis gänzlich unvorbereitet, als er die Klebestreifen der Pampers löste. Die Windel kippte zur Seite, und der dunkelbraune Inhalt klatschte auf die Fliesen. Vater fluchte und sah sich hilflos um. Während die Badewanne überzulaufen drohte, wickelte er eine Rolle Klopapier ab, um des Schandflecks Herr zu werden. Ich nutzte die Gelegenheit, um mich davonzustehlen. Doch als ich gerade durch die Tür kriechen wollte, ergriff mich eine große fleischige Hand. Vater hatte sein Vorhaben immer noch nicht aufgegeben. Selbst mein Schreien und Strampeln nützte mir nichts. Unbarmherzig tauchte er mich ins ziemlich kalte Wasser. Eine riesige Welle schoß über die Badewanne und stürzte wie ein Wasserfall auf die Fliesen. Bevor ich in den Fluten versank, sah ich noch, wie ein Knäuel braunes aufgeweichtes Klopapier in Richtung Diele trieb. Vater war einem Infarkt nahe. Er riß mich wieder an die Oberfläche, wobei er allerdings auf dem überschwemmten Boden ausrutschte und sich das Knie anschlug. Damit allerdings war unsere Badeorgie zu Ende. Nachdem er mich wieder angezogen und auf meine Gummimatte gesetzt hatte, brauchte er zwei Stunden, um das Bad in Ordnung zu bringen.

Endlich war es soweit! Das lange Warten und die Angst, daß meine Pistole entdeckt würde, hatten angefangen, mich zu zermürben. Bei jedem Spaziergang hatte ich darauf gelauert, daß etwas passierte, und einmal hatte ich sogar geglaubt, Dr. Tabi gesehen zu haben. Doch entweder hatte ich mich getäuscht, oder er hatte die Gelegenheit nicht als günstig erachtet. Vielleicht waren ja auch meine Spekulationen völlig falsch, und er ließ sich überhaupt nicht mehr blicken.

Aber das konnte ich mir nun doch nicht vorstellen, das Risiko war in seinen Augen viel zu groß. Er mußte mich erwischen! — Und er tat es.

Meine Aufmerksamkeit hatte mit der Zeit mehr und mehr nachgelassen, und so dämmerte ich, vom Geschunkel des Kinderwagens müde geworden, vor mich hin, als Mutter vor dem Schaufenster eines Fotogeschäftes hielt. Sie wollte kurz einen Film abgeben, und da sie durch das Fenster sah, daß der Laden leer war, sparte sie sich die mühselige Prozedur, mich aus dem Wintersack zu wurschteln und auf dem Arm hineinzutragen. Statt dessen stellte sie mich so vor das Schaufenster, daß sie mich aus dem Geschäft heraus sehen konnte, und betrat den Laden.

Ein jäher Ruck riß mich aus meinem Schlummer, und im ersten Augenblick begriff ich gar nicht, warum die Hauswände plötzlich so schnell an mir vorüberzogen. Hastige, schwere Schritte hallten hinter mir auf dem Pflaster. Auch ohne mich umzusehen wußte ich, daß meine Mutter nicht ein solches Tempo vorlegen würde. Und wenn sie es nicht war, kam nur einer in Frage. Mein Kinderwagen wurde so schnell um eine Ecke geschoben, daß er fast umgefallen wäre. Man merkte, daß der Lenker auf diesem Gebiet völlig unerfahren war. Ich hätte schreien können, aber selbst wenn es jemand gehört hätte, was hätte das gebracht? Schreiende Babys sind nichts Ungewöhnliches. Bestenfalls hätte der Doktor mich stehengelassen und es später wieder probiert. Dann wären die Angst und das unerträgliche Warten weitergegangen. Nein, die Sache mußte jetzt zu Ende gebracht werden!

Die Gegend, durch die wir fuhren, kannte ich. Es war ein abseits gelegenes Industriegebiet, in dem die meisten Betriebe stillgelegt waren. Auf dem engen Hof einer ehemaligen Lampenfabrik kam der Kinderwagen zum Stehen. Der keuchende Atem entfernte sich, und man hörte, wie ein Rolltor zugeschoben wurde. Ich drehte mich immer noch nicht um. Langsam kam die Person zurück, ging an dem Wagen vorbei und baute sich vor mir auf. Dr. Tabi war noch etwas außer Atem und betrachtete mich nachdenklich. Schließlich grinste er.

»Guten Tag, Professor Ramona Elbe, ich muß sagen, Sie sehen ja ganz hervorragend aus, wie neugeboren! Nur fehlt ja so einiges, wie man hört.« Er lachte heiser. »Aber das haben Sie ja sowieso nie gebraucht.«

»Ihre Plattheit erschreckt selbst die Flunder«, antwortete ich trocken. »Sie haben sich nicht verändert.« Sein Lächeln gefror, ohne ganz zu verschwinden.

»Sieh da, immer noch die gleiche spitze Zunge! Eigentlich schade, daß Sie gleich so dick und blau aus diesem süßen Mund heraushängen wird, wirklich schade. Aber was sein muß, muß sein.« Langsam faßte meine Rechte dem Stoffbären unter den Rock und legte den Hebel um. Mein Gegenüber hatte eine dünne Nylonschnur aus seiner Manteltasche geholt und spannte sie demonstrativ zwischen den Fäusten. Er grinste hämisch.

»Na, hat es dem guten Kind die Sprache verschlagen? Kein Bitten? Kein Schreien? Brav, sehr brav. Komm, sag noch was zum Abschied! Nein? Nicht das geringste Interesse, das Leben etwas zu verlängern? Zum Beispiel indem du mir erzählst, wie es war, das große Geburtserlebnis?«

Ich wußte genau, warum er mich zum Reden bringen wollte. Das Experiment interessierte ihn wenig, aber es fiel ihm schwer, seine innere Blockade zu überwinden und einem Baby Gewalt anzutun. Er war schließlich kein routinierter Killer. Wenn ich etwas sagte, würde ich nicht mehr wie ein Kind wirken, der Mord würde Dr. Tabi leichter fallen. Ich schwieg also.

»Na los, du sturer alter Bock.« Er kam langsam näher. »Du kleines Biest, sag was, oder...!«

Ich ließ meinen Teddy für mich sprechen: Nur kurz, aber sehr laut und überzeugend.

Dr. Tabi war so beeindruckt, daß er vor mir auf die Knie ging. Ja, er war so platt, daß er sich flach hinlegen mußte und beschloß, nie wieder aufzustehen. Leider litt mein Teddy von Stund an unter starkem Mundgeruch. Pulver, angesengter Filz und Holzwolle sind eben eine herbe Mischung. Dies und der Umstand, daß sein Pullover ein Loch hatte, ließ meine Liebe zu ihm erkalten. Vor allem seine Eingeweide stellten ein Problem dar, ich mußte mich von ihm trennen.

Der Schuß hatte ein paar Arbeiter eines angrenzenden Lagers auf den Plan gerufen. Sie waren nicht wenig erstaunt, ein kleines Baby im Kinderwagen und einen erschossenen Mann aufzufinden. Da der Täter flüchtig zu sein schien, trauten sie sich heran und entschieden nach einigem Hin und Her, den Kinderwagen zur nächsten Polizeiwache zu schieben. Das kam mir sehr gelegen, denn der Weg dorthin führte über eine kleine Brücke, die einen Kanal überspannte. Dort nahm ich mit einer schnellen Armbewegung Abschied von meinem Stofftier, das dank seines Mageninhaltes sofort in der trüben Brühe versank. Ein unrühmliches Ende für meinen Retter, dachte ich mit Wehmut.

Auf der Wache erkannten die Beamten

schnell, daß es sich bei mir um das gerade entführte Kind handelte, und benachrichtigten meine Mutter. Bei der Leiche fand man keinerlei Papiere, und durch den Schuß zwischen die Augen war sie im Moment nicht zu identifizieren. Man vermutete einen Streit zwischen den Entführern, der für den einen tödlich geendet hatte. Vergeblich ließ die Polizei in den einschlägigen Kreisen ihre Informanten herumhorchen, ohne Erfolg. Dafür konnte Vater punktemäßig an Mutter vorbeiziehen, da sie in fahrlässiger Weise den Kinderwagen alleingelassen hatte. Das tat ihm ganz gut, denn seit dem Unfall mit der Schaukel hatte er eine ganze Menge einstecken müssen.

Vater bekam so viel Oberwasser, daß er sich sogar traute, wieder mit einem Geschenk für mich zu Hause aufzutauchen. Der Gute konnte einem richtig leid tun. Diesmal hatte er ein ›Bobby Car‹ mitgebracht. Eine Art Kinderauto, auf welches man sich setzen und sich vorwärts bewegen konnte, indem man sich mit den Füßen am Boden abstieß. Es hatte auch ein Lenkrad, so daß es möglich war, gemächlich durch die Wohnung zu fahren. Vater strahlte über sämtliche Backen, als er das Fahrzeug auspackte und vor mich hinstellte. Dann schaute er mich erwartungsvoll an.

O bitte nicht, dachte ich mir, aber ich erbarmte mich und bestieg mit gequälter Miene das Gefährt. Ihm zuliebe würde ich mal eine Runde drehen, nachdem ich ihn so oft frustriert und in Verlegenheit gebracht hatte. Das würde ihn glücklich machen, und ich hätte meine Ruhe, überlegte ich. Weil ich mit den Füßen nur knapp bis zum Boden reichte, wurde diese ›Runde‹ zu einem ziemlich langsamen Gezockel. Trotzdem strahlten Vaters Augen immer mehr, sie nahmen einen geradezu gefährlichen Glanz an. Man merkte deutlich, wie stolz er auf sein Geschenk war. Ich gönnte es ihm. Endlich war ich einmal um den Tisch gefahren, drückte freundlicherweise noch zweimal auf die Hupe und stieg ab. Da ich aber zu klein war, rutschte ich mehr, als ich stieg. Ich landete auf meinem Hosenboden und spürte gleich darauf, wie ich hochgehoben wurde.

»Hoppla, mein Liebling, bist du heruntergefallen? Komm, Papa hilft dir wieder drauf! Soo, jetzt kannst du weiterfahren.« Nix da, einmal mußte reichen, fand ich und stieg erneut ab.

»Oh, schon wieder runtergefallen. Hopp, die Beine auseinander und schön festhalten!«

Das durfte nicht wahr sein! Setzte dieser

Blödmann mich doch abermals auf diese unbequeme Kiste und erwartete, daß ich zur Steigerung seines Selbstbewußtseins durch die Wohnung ratterte. Mein Mitleid schwand augenblicklich dahin. Das konnte ja heiter werden. Jedesmal, wenn ich runter wollte, interpretierte dieser Hohlkopf das als unfreiwilligen Absturz und hob mich wieder auf das Auto. Da saß ich nun und wußte nicht, was ich machen sollte. Also tat ich erst mal gar nichts. Vielleicht war das dem Alten ja zu langweilig, und er würde sich verziehen. Ich hockte regungslos auf der Karre, und in der Tat wurde es ihm bald langweilig.

»Na meine Kleine, kannst du nicht mehr fahren? Deine Beinchen sind ja auch viel zu kurz. Warte, Papa schiebt dich ein bißchen!«

Zum Glück hatte ich noch eine Hand am Lenkrad, sonst hätte ich einen Salto nach hinten gedreht, so geschickt stieß Vater das Auto an. Auf den Knien rutschend, schob er mich schnell nach vorne, daß ich Mühe hatte, das Gefährt sicher um den Tisch zu lenken. Damit nicht genug, spuckte der Alte mir permanent mit seinem ›Brumm, Brumm, Brumm‹ auf den schwach behaarten Hinterkopf, der langsam einfeuchtete. Sofa, Sessel und Kommoden rasten an mir vorbei, und ich fühlte, wie sich mein Magen zusammenkrampfte. Mir wurde schlecht. Da half nur eines, ich mußte gegen die Glastür rasen, um Mutter auf den Plan zu rufen. Aber vielleicht würde ich mich dabei verletzen und käme wieder ins Krankenhaus. Darauf hatte ich überhaupt keine Lust, auch wenn keine Gefahr mehr bestand, Dr. Tabi in die Hände zu fallen. Mir kam eine bessere Idee. Diesmal würde ich es dem Alten richtig zeigen. Ich fing an zu juchzen und zu jauchzen mit dem erwarteten Effekt, daß Vater immer begeisterter und schneller auf seinen Knien hinter mir herrutschte und mich anschob. Ich brauchte nur abzuwarten. Nach zehn Runden um den Tisch schnaufte er schon beachtlich und wollte eine kleine Pause einlegen. Sofort fing ich an zu heulen und zu toben.

»Still, Ramona, still, sonst kommt Mama und schimpft mit uns! Ist ja gut, Kleines, ist ja gut, Papa schiebt dich ja schon weiter.«

Und ab ging es mit ›Heissa‹ und ›Brumm, Brumm, Brumm‹ immer schön im Kreis um den Tisch herum. Wenn Vater langsamer wurde, schrie ich, so daß er gleich wieder Fahrt aufnahm. Nach weiteren fünfzehn Runden hörte man schon die Kniescheiben quietschen, die Bronchien rasseln, und im Spiegel der Vitrine konnte ich erkennen, wie Vaters Gesichtsfarbe eine violette Färbung annahm. Es wurde Zeit für den ›Showdown‹. Anstatt wie bisher rechts um den Tisch herum zu kreisen, riß ich plötzlich das Lenkrad nach links. Völlig entkräftet verlor Vater Halt und Gleichgewicht und flog mit einem hellen Pfeifen gegen den Blumenhocker, wobei er sich vorher am Tischbein noch das Knie aufschlug. Seines Untergestells beraubt, folgte Mutters Ficus den Gesetzen der Schwerkraft und entfaltete sich auf Vaters Hinterkopf. Als Mutter herbeigestürzt kam, ihre umgestürzte Tochter, den abgestürzten Blumentopf und unter diesem ihren wimmernden Gatten erblickte, folgte eine Szene die sich nur mit ›sehr, sehr unschön‹ umschreiben läßt. Da wurde keine Rücksicht auf Gehirnerschütterung, ausgeklinkte Kniescheiben, Hyperventilation und drohenden Infarkt genommen, um nur die schwersten Blessuren ihres Gatten zu nennen. Ein Wunder, daß er dies überhaupt überlebte. Sein Punktekonto sank hiermit allerdings auf Null, und Mutter beherrschte jetzt wieder das Feld. Ich selbst hatte kaum etwas abgekriegt, jedenfalls nicht so viel, daß meine Eltern eine Geschichte hätten erfinden müssen so wie damals bei der Schaukelstory.

16

Seit die Gefahr durch Dr. Tabi vorbei war, befiel mich wieder Melancholie. Die Angst, das Organisieren und Ausführen meines Abwehrkampfes hatten mich wochenlang beschäftigt und abgelenkt. Das war jetzt vorbei. Die Langeweile und der Stumpfsinn bestimmten erneut mein Dasein. Die Zeit mit Babsi war ganz amüsant und spannend gewesen, solange ich um ihre Unterstützung bangen mußte. Aber nachdem sie die Geschichte mit Maxwell Queens einmal geschluckt hatte, ließ der Reiz schwer nach. Genauso war es bei den Besuchen im Kaffeehaus. Irgendwie machte das Zeitungslesen keinen Spaß, wenn man wußte, man gehört nicht dazu. Die Hausaufgaben eines Teenagers zu machen war auch nicht gerade die Erfüllung des Lebens, und Kreuzworträtsel konnte ich langsam nicht mehr sehen. Was sollte ich tun? Die gleiche Frage und das gleiche Problem wie zu Beginn. Seit Dr. Tabis ›Ableben‹ war es noch unmöglicher geworden, mich zu erkennen zu geben. Selbst wenn man mir Notwehr zubilligen würde, die Übertragung meiner Persönlichkeit auf das Baby würde noch zwielichtiger erscheinen, und es gab niemanden mehr, der die

Schuld an diesem Unglück auf sich nehmen konnte. Also blieb nur das Stillhalten und das für mich tödlich langweilige Heranwachsen als Mädchen. Wieder einmal fragte ich mich, ob das alles einen Sinn hatte. Andere zu ärgern oder sich überlegen zu fühlen, das wurde mit der Zeit auch öde und konnte keinesfalls meine innere Leere ausfüllen. Zudem begannen meine Eltern immer mehr von mir zu erwarten und raubten mir damit den Nerv. Das Schauspielern wurde immer aufwendiger und schwieriger. Trotzdem war ich dankbar, als ich mitbekam, daß am nächsten Tag ein Besuch beim Kinderarzt auf dem Programm stand. Das versprach wenigstens eine lustige Abwechslung zu werden.

Das Wartezimmer des Arztes war gerammelt voll mit quengelnden, heulenden und hustenden Kindern. Hohlwangig saßen übernächtigte Mütter und Väter auf den Stühlen und versuchten ermattet, ihre Gören zu trösten. Wir verbrachten eine Ewigkeit in diesem Pferch mit der extrem schlechten Luft, ehe wir endlich an der Reihe waren. Am Anfang fand ich den Doktor sehr lustig. Er hatte wohl schon vorher auf den Krankenschein gesehen und wußte, wer ihn erwartete, denn als er das Behandlungszimmer betrat, hatte er sich eine Sportbrille umgeschnallt. So ein schwarzes, biegsames

Hartgummigestell, dessen Bügel hinter dem Kopf mit einem starken elastischen Band verbunden waren. Vermutlich waren die Gläser aus Panzerglas und absolut unzerbrechlich, selbst wenn sie von einem Tennisball getroffen werden würden. Eigentlich sah der Arzt aus wie ein Hobbyschweißer, der zum erstenmal die Gasflamme anzündet. Mutter schaute ihn irritiert an, wagte aber nichts zu sagen. Der Arzt studierte meine Karteikarte und zog die Augenbrauen hoch.

»Wie ich sehe, ist heute die Dreifach-Impfung fällig, gegen Keuchhusten, Mumps und Tetanus. Na, dann ziehen Sie Ihrer Tochter mal die Windel aus, ich hole derweil die Spritze.« Das war gemein! Dreifach-Impfung! Wenn ich das schon hörte! Bestimmt war das ein Riesenkolben! So was gab's zu meiner Zeit noch nicht. Die Wissenschaft hatte versagt, stellte ich wieder einmal fest, für so etwas müßte es doch schon längst eine Schluckimpfung geben. Der Doktor kam wieder und zog vor meinen Augen die Spritze auf. Erbarmungslos wurde ich auf den Bauch gelegt, und er suchte an meinem Hintern die Stelle zum Einstechen.

»Nanu, der Po ist ja ganz verkrampft, das ist aber seltsam.« Natürlich ist das seltsam, dachte ich bei mir, die Babys wissen ja auch normalerweise nicht, was das für ein Spielzeug ist, das der liebe Onkel in der Hand hält. Aber ich wußte es, verdammt noch mal! Der Arzt versuchte, durch Kneten meine Backenmuskeln zu lockern, aber umsonst.

»Hart wie ein Brett, dann tut's halt weh.« Er sagte dies mit dem gleichen Bedauern in der Stimme, als wäre in China ein Spaten umgefallen. Er wies meine Mutter an, mich festzuhalten, und trieb mir den Stachel gnadenlos ins Fleisch. Ich spürte, wie der Inhalt des Kolbens sich heiß und höllisch schmerzend im Gewebe verteilte, und biß meine dreieinhalb Zähne zusammen, bis der Schweiß meine Stirn bedeckte.

»So, das war's schon«, bemerkte er zufrieden und begann seine Utensilien wegzupacken. Du Hundesohn, das sollst du mir büßen, schwor ich mir.

»Merkwürdig, sie hat gar nicht geschrien«, stellte Mutter fest, »sehen Sie mal, ihre Stirn ist ganz feucht!«

Er bekam den Nein-diese-nervigen Mütter-Gesichtsausdruck, war wohl aber doch verunsichert, denn er kam noch einmal zurück, um mir den Kopf zu fühlen und meine Pupillen zu überprüfen. Blitzschnell grabschte ich mir seine Brille, zog sie so weit weg, wie das Gummiband es erlaubte, und ließ sie ihm auf die Augen schnellen. Der

Arzt schrie auf, verlor sein Stethoskop, rieb sich wild die Augäpfel, tapste halbblind umher und klingelte nach der Sprechstundenhilfe.

Er hatte jedes Augenmaß verloren. Wie er da ohne Brille umherstolperte, schrie und schäumte, mußte die herbeigeeilte Gehilfin ernsthaft an seinem Geisteszustand zweifeln. Mutter war leichenblaß und zog es vor, mich zu schnappen und sich von der Angestellten aus dem Zimmer ziehen zu lassen. Das war klasse, und wenn mein Hintern nicht so weh getan hätte, wäre ich richtig gutgelaunt nach Hause gefahren.

Als Folge dieses Besuches litt meine arme Erzieherin an motorischen Zuckungen und mußte ihre tägliche Dosis Valium erhöhen. Dafür bekam ich in dieser Nacht Fieber, eine häufige Reaktion auf Impfungen dieser Art. Bei mir stieg die Temperatur allerdings so hoch, daß ich Zäpfchen verpaßt bekam und meine Eltern oft hereinschauten und prüften, wie heiß ich war. Ich konnte nur schlecht einschlafen, aber irgendwann muß es mir dann doch gelungen sein. Das Fieber stieg.

Ich träumte, ich sei Maxwell Queens und würde auf der Bühne stehen. Lichtkaskaden jagten durch die riesige Halle. Ausverkauft! Natürlich! Die Menge johlte, klatschte in die Hände und pfiff. Der Schlagzeuger wirbelte einen schneller werdenden Lauf, brach ab, und ein Spotlight traf mich voll ins Gesicht. Die Leute jubelten. Der Drummer intonierte einen rauhen Takt, der Bassist übernahm ihn, den Rhythmus verstärkend. Unsicher wankte ich zum Mikrofon, der Spot folgte mir. Verdammt, schoß es mir durch den Kopf, wie war denn der Text von diesem Lied? Alles in meinem Schädel stand auf Alarm, das Adrenalin floß literweise durch meine Adern. Ich platzte fast, aber der Text wollte mir nicht einfallen. Blackout, alles blockiert. Der Drummer wiederholte schon zum drittenmal die Eingangstakte, und das Publikum tobte immer mehr, weil ich mich so lange ›feiern‹ ließ. Ich sah mich hilfesuchend um, der Gitarrist nickte mir flehend zu. In meiner Verzweiflung sang ich, was mir gerade einfiel:

>   Ouh, Ouh, Ouh
>   Ouh Tannen Tannenboum
>   wie, wie, wie
>   wie sin dei Blätter grien.
>   (Die Orgel setzte ein)

Doch nicht nur zur Weihnachtszeit,
Maxwell ist allzeit bereit
Yeah, yeah, yeah!

Ich machte eine Faust mit abgestrecktem Finger und legte die andere in die Armbeuge. Die Menge war hingerissen und geriet in Ekstase. Der Bassist drehte verzückt die Augen gen Himmel, und der Keyborder stammelte dauernd: »Wonderful, man, einfach wonderful!«

Nach der vierten Wiederholung der Strophe rasteten die Massen restlos aus. Sie schrien sich vor Begeisterung die Kehle aus dem Leib, Zehntausende klatschten rhythmisch im Takt, und skandierten: »Maxwell, Maxwell, Maxwell...«

Ich erwachte.

»Maxwell, he, Maxwell.« Ich öffnete die Augen, es war Babsi.

»Hallo, Schätzchen, schön dich zu sehen. Hmm, ich hatte einen irren Traum!«

»Zwei Wochen lang?«

»Wieso zwei Wochen?«

»So lange warst du weg.«

»Wie? Was?... Weg? Ich war weg?«

»Na, du weißt schon, so wie das letzte Mal.«

»Du meinst, ich habe zwei Wochen lang gefiebert?«

»Fieber hattest du keines, soweit ich weiß. Du warst wieder wie ein Baby, hast die ganze Zeit nur gebrabbelt und mich nicht mehr erkannt.«

»Ach!«

»Bis auf das eine Mal, vor fünf Tagen.«

»Was war da?«

Babsi starrte mich irritiert an: »Immer wenn wir allein waren, habe ich dich gerufen, weil ich hoffte, du würdest wiederkommen. Vor fünf Tagen hast du mich auch gehört und warst plötzlich wieder da. Aber das mußt du doch wissen!«

»Warum?«

»Wir haben doch miteinander gesprochen, so wie jetzt.« Ich konnte mich an absolut nichts erinnern und erschrak.

»Was haben wir gesprochen?«

»Über das gleiche wie eben, wie lange du weg warst und so. Du warst sehr nachdenklich und meintest, das würde mit der Impfung zusammenhängen und mit dem Fieber, das du anschließend bekommen hast. Weißt du denn gar nichts mehr?«

Ich schüttelte den Kopf: »Was habe ich noch gesagt?«

»Nicht mehr viel. Du hast mir noch bei den Hausaufgaben geholfen und meintest dann, du müßtest überlegen und wolltest deshalb allein sein. Du hast versprochen, mir beim nächsten Mal zu erzählen, über was du nachgedacht hast, aber als ich zwei Tage später vorbeikam, warst du schon wieder weg. Ich meine, du warst wie ein Baby.«

Ich schwieg. Babsi musterte mich verunsichert und ängstlich.

»Meinst du, beim nächsten Mal bist du noch da, Maxwell? Worüber hast du denn nachgedacht?«

»Ich weiß es nicht mehr, Baby! Ich fürchte, der Zauber ist doch stärker, als ich glaubte. Kann sein, daß er mich besiegt.«

Babsi fing an zu heulen: »O Maxwell, daran bin ich schuld! Was soll ich nur machen, bitte verzeih mir!«

»Red keinen Blödsinn, du kannst dafür überhaupt nichts! Im Gegenteil, du hast mir sehr geholfen.«

»Doch, es ist meine Schuld! Du hast gesagt, daß du erlöst wirst, wenn ich dir zwei Jahre lang treu bleibe!«

»Ja und?« Sie schluchzte auf. »He, was ist denn?« Sie sagte nichts, sondern heulte nur erneut los.

»Hmm? Ach so! Na gut, Babsi, ich rate jetzt einfach mal, ja? In deiner Klasse, da gibt's so einen süßen, netten Jungen, und ehe du etwas dagegen tun konntest, hast du dich verliebt, stimmt's?« Das Geheule wurde noch lauter.

»He, hör auf, so zu kreischen, sonst kommt Mutter noch herein!«

»Die ist einkaufen«, schniefte Babsi herzzerreißend.

»Na gut, dann heul weiter. Also, du hast dich verliebt, und vielleicht habt ihr euch sogar geküßt!?«

Es kam kein Widerspruch, nur noch mehr Tränen.

»Jetzt hör mal, Schätzchen, das ist doch völlig okay, ich wäre ja sowieso ein bißchen zu alt für dich gewesen, nicht. Und ich finde auch gewiß in Null Komma nix eine andere.«

»Aber der Zauber, ich war dir doch nicht treu!«

»Das mit der Treue bezog sich darauf, daß du keinem was von mir erzählst. Das hast du doch auch nicht, oder?«

Sie schüttelte heftig den Kopf: »Nein, ganz bestimmt nicht!«

»Na siehst du. Aber da du dich in jemand anders verliebt hast, darfst du nun dein ganzes Leben niemandem etwas davon verraten! Versprichst du mir das?« Sie nickte. »Ehrenwort?«

»Ehrenwort!«

»Sehr gut, ich weiß, ich kann mich auf dich verlassen. Und noch etwas. Wenn ich irgendwann demnächst ganz lange ›weg‹ bin und auch nicht wiederkomme, dann hörst du auf, hier den Babysitter zu spielen, damit die Frau Krüger nicht am Ende noch was merkt, okay?«

»Okay.« Sie hatte sich ein wenig beruhigt und trocknete sich die Tränen ab. »Wo bist du denn, wenn du nicht mehr wiederkommst?«

»Das weiß ich nicht genau, vielleicht werde ich wiedergeboren. Aber wo und wie, davon habe ich keine Ahnung. Ich glaube, es ist besser, wenn du jetzt gehst!«

»Mußt du wieder nachdenken?«

»Genau, mein kluger Schatz, und mach dir keine Sorgen wegen deinem Boy, damit hat das alles hier bestimmt nichts zu tun! Mach's gut!«

»Tschüs«, sagte sie, hob mich hoch und gab mir einen Kuß ganz sanft auf die Nase. »Mach's gut, Maxwell!«

Es brach mir das Herz, auch wenn ich es reichlich respektlos fand, einen so großen Künstler einfach hochzunehmen, abzuküssen und wieder hinzusetzen.

Nachdem Babsi gegangen war, versuchte ich meine Gedanken zu ordnen und einen Plan zu fassen. Wobei ›Plan‹ der falsche Ausdruck war. Ein Plan bezieht sich immer auf die Zukunft, und inzwischen war ich überzeugt, daß es eine Zukunft für mich nicht gab. Meine Identität hatte sich wohl nur oberflächlich auf die Gehirnwindungen des Babys gelegt und verflüchtigte sich mehr und mehr. Das eigentliche Kind setzte sich dafür immer stärker durch. Entweder war es von vornherein dominant gewesen, oder mein erlahmendes Interesse am Leben hatte bewirkt, daß mein Geist sich zurückzog und ›Ramona‹ Raum gewann. Wie auch immer, es war mir egal. Hatte die Erkenntnis des nahenden Endes mich anfangs bedrückt, so tröstete mich der Gedanke jetzt immer mehr. Ich hatte mein Leben gelebt, ein qualvolles Ende war mir erspart geblieben. Ich hatte sogar noch ein Jahr hinzugewonnen. Aber mir war klar geworden, daß länger leben vielleicht ganz reizvoll sein konnte, aber noch mal alles von Beginn an zu durchleben war langweilig und absolut nervtötend. Babsi würde die normalen Freuden und Leiden der Liebe kennenlernen, und Mutter würde endlich ein richtiges Baby bekommen. Zwar etwas zurückgeblieben, aber Ramona würde das sicher schnell aufholen. Ich würde noch ein paar Kreuzworträtsel lösen, als letztes Vermächtnis an meine Nachwelt. Das einzige, was mich wirklich betrübte, war die Verfälschung meiner wissenschaftlichen Arbeit durch Dr. Tabi. Nun, er hatte seine Strafe dafür erhalten, und im Grunde war doch alles gleichgültig. Hier war es mollig warm, ich war satt, und was war denn das für ein toller Ball dort in der Ecke? Der war mir bisher noch gar nicht aufgefallen! Da mußte ich doch mal gleich ganz schnell hinkrabbeln, ei dada...

Epilog

Brabbel sabbel, schnibbel schnabbel, dada dudu, eididei!

Band 13 396
Angsar Kraiker

Hilfe, das Baby schlägt zurück
Deutsche Erstveröffentlichung

Der wahnwitzige Professor Elbe, der sich mit den Gehirnströmen eines Neugeborenen verbinden ließ und als Baby erwachte, scheint endlich in die ewigen Jagdgründe eingegangen zu sein. Die kleine Ramona ist nicht länger ein höchst merkwürdiges Wunderkind, sondern das nette, adrette Mädchen, das sich ihre Eltern so sehr gewünscht haben. Da tut eine harmlose Vitaminspritze ihre verheerende Wirkung. Professor Elbe übernimmt wieder das Bewußtsein des Kindes. Und gleich wird die Situation brenzlig. Denn längst ist die Polizei auf das seltsame Baby aufmerksam geworden. Professor Elbe alias Ramona muß sich etwas einfallen lassen, will er nicht entdeckt werden. Doch es gibt nur eine Rettung: Babsi, das verrückte Kindermädchen, muß her, will er seinen Verfolgern entgehen – und auf die unnachahmliche Art eines Wunderkindes zurückschlagen.

Sie erhalten diesen Band im Buchhandel, bei Ihrem Zeitschriftenhändler sowie im Bahnhofsbuchhandel.

Band 13 367
Lilian Jackson Braun

Die Katze, die Shakespeare kannte
Deutsche Erstveröffentlichung

Da ist etwas faul in der Kleinstadt Pickax – zumindest für die empfindliche nase des Zeitungsmannes Jim Qwilleran. Der Tod des exzentrischen Verlegers gilt offiziell als Unfall, doch für Qwilleran ist es Mord. Seine beiden Partner geben ihm recht: Koko und Yam Yam, das Siamkatzenpärchen mit dem sechsten Sinn für kriminelle Machenschaften. Und deren Nase ist noch feiner als seine. Doch wieso Koko ausgerechnet in einer raren Shakespeare-Ausgabe diesem Sommernachts-Alptraum auf die Spur kommt, was es mit den fröhlichen Weibern von Pickax auf sich hat und wie eine Widerspenstige gezähmt wird? Das wird nicht verraten. Nur soviel: Es geht um Sein oder Nichtsein, keine Frage. Bühne frei!

Sie erhalten diesen Band im Buchhandel, bei Ihrem Zeitschriftenhändler sowie im Bahnhofsbuchhandel.

Band 20 174
Michael Peak
Das Katzenhaus

Die schöne Halina läßt bitten.
Sie und ihre Katzendamen stehen jedem Kater der höheren Gesellschaft gern zu Diensten. Schließlich ist die Nacht nicht nur zum Mausen da. Kein Wunder, daß die gewöhnlichen Straßenkatzen Halinas Clan mißtrauisch beäugen. Doch Halina begegnet allen Anfeindungen mit Würde und Gelassenheit – bis eine viel größere Gefahr auftaucht. Ein Rudel grausamer Kojoten und ein wildgewordener Puma streifen durch die lauen Katzennächte. Halina muß sich ihrer Haut erwehren – und sie zeigt, daß auch eine wahre Lady scharfe Krallen haben kann.
Ein wunderschöner, poetischer Fantasy-Roman. Nicht nur für Katzenliebhaber!

Sie erhalten diesen Band im Buchhandel, bei Ihrem Zeitschriftenhändler sowie im Bahnhofsbuchhandel.